VELOSTER
벨로스터

FUSION FANTASTIC STORY
객가인 퓨전 판타지 소설

벨로스터 1

객가인 퓨전 판타지 소설

초판 1쇄 찍은 날 § 2012년 3월 26일
초판 1쇄 펴낸 날 § 2012년 4월 1일

지은이 § 객가인
펴낸이 § 서경석

편집부장 § 권태완
편집책임 § 어정원

펴낸곳 § 도서출판 청어람
등록번호 § 제1081-1-89호
등록일자 § 1999. 5. 31
어람번호 § 제1-1357호

주소 § 경기도 부천시 원미구 심곡2동 163-2 서경B/D 3F (우) 420—822
전화 § 032-656-4452 팩스 § 032-656-4453
http://www.chungeoram.com
E-mail § chungeoram@chungeoram.com

ISBN 978-89-251-2821-4 04810
ISBN 978-89-251-2820-7 (세트)

CONTENTS

프롤로그   7

Chapter 1   돌아온 탕아   11

Chapter 2   허풍쟁이 벤   43

Chapter 3   호위단장 로이튼   81

Chapter 4   테이론 백작가의 소영주   111

Chapter 5   뜻밖의 황재   155

Chapter 6   우연한 인연   185

Chapter 7   테이론 백작가의 위기   217

Chapter 8   형님이 정말 밉습니다   245

Chapter 9   섬광의 로이튼   275

프롤로그

"아우, 하필 거기에 떨어져서 불이 붙을 게 뭐야."

이제 겨우 소년티를 벗은 청년이 천천히 말을 몰며 투덜댔다.

딱히 준수하거나 못나지 않은 평범한 외모였지만, 잡티 하나 없는 백마에 제법 고급스런 복장을 하고 있는 것이 귀족가의 자제임이 분명했다. 다만 이곳이 아무리 라오스 왕국 이대 상업도시 중 하나인 바레인 인근이라 몬스터로부터 안전한 지역이라도 호위 하나 대동하지 않고 있는 모습이 조금 의아스럽긴 했다. 하지만 이어진 청년의 중얼거림으로 그 이유는 쉽게 짐작할 수 있었다.

"젠장, 이번엔 꼰대도 화가 단단히 났을 거라 하루 이틀로는 어림도 없을 테고, 아무래도 한 일주일쯤은 피해 있어야 할 텐데. 이거 무작정 나오긴 했는데 누구한테 신세를 지지?"

청년은 마치 일생일대의 중대한 결정을 내리기라도 하듯 자못 심각한 표정으로 잠시 고민하다 손가락을 튕겼다.

딱!

"그래, 홀스가 좋겠군. 프라이먼 상단이라면 아무래도 우리 디체이스 상단의 제법 큰 거래처이니 장차 상단을 물려받을 나를 설마 홀대하진 않겠지."

청년은 자신의 결정에 상당히 만족스런 표정을 지으며 고개를 끄덕였다. 그러다 문득 하늘로 시선이 갔다.

"어라? 아무래도 하늘이 심상치 않은데. 이거 비에 쫄딱 젖기 싫으면 서둘러야겠는걸. 이럇!"

어느새 하늘엔 먹구름이 잔뜩 끼어 있는 것이 한바탕 비라도 쏟아질 듯싶자 청년은 살짝 걱정스런 얼굴로 말의 속도를 높였다.

하지만 바람과는 달리 이내 굵은 빗방울이 쏟아지기 시작했고, 청년의 온몸은 순식간에 흠뻑 젖어버렸다.

사방이 뻥 뚫린 넓은 들판이라 마땅히 비를 피할 장소도 없

었고, 더구나 간간이 들려오는 천둥소리에 청년은 불안한 듯
최대한 속도를 높여 말을 달렸다.

　우르르릉! 쾅!

　"컥!"

　바로 그때 또다시 들려온 천둥소리와 함께 빛이 번쩍였고,
동시에 청년의 머릿속도 하얗게 물들어갔다.

MELOSTER

제 1 장 돌아온 탕아

따사롭게 내리쬐는 햇살은 누렇게 익어가는 밀알로 가득한 넓은 벌판을 황금빛으로 물들이고 있었다. 이따금 바람이라도 불어오는가 싶으면 벌판은 황금물결로 출렁이는 것이 무척이나 풍요롭고 평화로운 광경이 아닐 수 없었다. 멀리서부터 들려오고 있는 커다란 노랫소리만 아니라면 말이다.

"나는야 용병 레프, 값도 싸고 일 처리는 확실하지. 거기 아줌마, 레프를 써봐. 바람난 남편을 대신해 위로도 해줘요. 밤이 외로운 과부 아줌마를 위한 심야 할인도 있지요. 나는야 용병."

리듬감이라곤 전혀 찾아볼 수 없고 그저 악만 질러대는 것 같은 엉망인 노래는 가히 소음이라고 해도 손색이 없을 정도였다. 거기다 가만히 듣고 있기엔 민망한 저속한 가사는 절로 눈가를 찌푸리게 만들었다.

"한번 써봐. 은근히 중독되지. 단골손님을 위한 마일리지 서비스도 있어요. 단체 손님을 위한 할인 서비스도 있어요. 나는야 용병 레프."

어느새 노랫소리는 점점 더 가까워졌고, 멀리 점으로 보였던 소음의 원흉도 이제 그 모습을 알아볼 수 있을 정도가 되어 있었다.

갈색 머리에 제법 나쁘지 않은—그렇다고 준수하다 하기에는 좀 모자란—얼굴, 그리 크지도 작지도 않은 키와 체구는 딱히 특별한 구석이 없는 지극히 평범한 모습이었다. 거기다 가슴과 중요 부위만을 가죽으로 덧댄 엉성한 가죽 갑옷과 허리에 대충 고정시킨 평범한 장검과 경박한 노래까지, 영락없는 삼류 용병의 전형적인 모습이라 할 수 있었다.

사내, 아니, 레프는 자신의 노랫소리에 절로 흥이 나는지 이제 어깨까지 덩실거리며 걷고 있었다.

"아가씨를 위한 한 번 더 서비스도 준비되어 있지요. 아름다운 아가씨는 특……."

갑자기 레프가 부르던 노래를 뚝 그쳤다. 아니, 노래뿐만 아니라 걸음 역시 멈춘 것이다. 그와 동시에 한순간 분위기마저 지금까지와는 확연히 바뀌었다.

이어 고개를 살짝 돌려 전방의 한 지점으로 시선을 가져가더니 이내 레프의 입에서 나직한 음성이 흘러나왔다.

"나와라."

누구에게로 향한 것인지 모를 그리 크지 않은 음성이었다.

하지만 누군지 모를 상대에게는 그것이 확실히 들렸음인지 레프의 시선이 멈춰진 지점의 밀밭이 들썩이더니 이내 상당히 준수한 얼굴에 호리호리한 체구를 한, 딱 기생오라비같이 생긴 사내 하나가 불쑥 솟아올랐다.

"이번엔 기척을 완벽하게 지웠다고 생각했는데, 젠장. 도대체 어떻게 알아챈 거지?"

사내는 생긴 것과는 전혀 어울리지 않는 말투로 연신 투덜거리며 레프를 향해 터벅터벅 다가가더니 이내 다소 비굴하게 보일 정도로 실실 웃는 얼굴로 바꾸었다.

"헤헤, 대장……."

"벤, 너어……."

레프가 황당한 얼굴로 더 이상 말을 못하자 벤이 분위기를 바꾸려는 듯 재빨리 자신의 말을 이어나갔다.

"근데 왜 이제야 왔수? 내가 여기서 대장을 기다린 게 벌써 일주일이나 됐구만."

"누가 너보고 기다리라고 그러든?"

레프의 타박에 벤이 멋쩍은 듯 머리를 긁적였다.

"헤헤, 그거야 뭐……."

"오랜만에 여유 좀 가지고 천천히 유람 삼아 왔다. 그건 그렇고, 넌 왜 따라온 거야?"

"으하하! 내가 누구겠수? 대장의 왼팔이자 오른팔이며 양다리를 대신하는 벤 아니우? 대장이 가면 내가 따르는 것이 당연한 거 아니우."

"그래봐야 이제 난 개털이라 네 급료 줄 돈도 없다."

"그게 무슨 섭섭한 말이우? 내가 대장 비밀 주머니에……."

말을 하던 벤은 순간 레프의 얼굴이 살짝 찌푸려지자 황급히 고개를 내저으며 말을 바꿔야만 했다.

"그, 그게 아니라… 그러니까… 에이, 내가 언제는 돈이나 바라고 대장 따라다녔수? 그냥 먹여주고 재워만 주쇼."

"후후, 네가 정 그렇게도 원한다니, 그러면 어쩔 수 없지. 대신 내가 먹고 자는 건 확실히 최고로 책임져 주마."

능글맞게 웃으며 말하는 레프의 얼굴을 보고 있자니 벤은 저도 모르게 울컥 욕지거리를 토해냈다.

"젠장!"

"그럼 용병단은? 원래 대장 자리는 오래 비우면 안 되는 건 알지?"

"걱정 마슈. 1단장이던 스칼에게 아예 넘겨주고 왔수. 그
것 땜에 대장보다 이틀이나 늦게 출발해서 여기까지 뭐 빠지
게 달려왔던 거유. 그래도 난 대장 고향이라도 알고 있었으니
늦게라도 따라나섰지, 아마 스칼은 오고 싶어도 못 올 거유.
푸하하!"

마치 자랑이라도 하듯 떠들어대는 벤의 모습에 레프는 혀
를 차며 고개를 절레절레 흔들었다.

"쯔쯔, 스칼이 뭐하러 날 따라오겠냐? 편하게 대장 하고 있
지. 하여간 머리가 나쁘면 몸이 고생한다더니 이 자식은 대장
을 시켜줘도 마다하고 쫄다구를 자처하니……."

"어쩌겠수? 원래 내 팔자가 이런 걸."

"그래, 팔자 좋아 좋겠다. 너 때문에 시간도 지체했으니 어
서 가기나 하자."

"넵. 추울— 바알!"

힘차게 출발을 외치면서 앞서 걸어나가는 벤의 뒷모습을
보며 레프는 못 말리겠다는 듯 고개를 내저으면서도 입가에
는 환한 미소를 짓고 있었다.

황금 들판을 따라 걷던 레프와 벤은 얼마 지나지 않아 멀리
거대한 장막과도 같이 넓게 펼쳐진 성벽을 발견할 수 있었다.

그 광경에 벤은 절로 탄성을 터뜨렸다.

"와우, 저 정도면 일단 규모에 있어서는 제국의 웬만한 도시에 견줘도 되겠수."

"당연하지. 그래도 명색이 라오스 왕국 이대상업도시의 하나인데."

"그러니까 저기가 대장 집인 거유?"

"그렇지. 정확히 말하면 도시 북부에 위치해 있지."

"한데 저런 곳에 살면서 대장은 뭐하러 가출을 한 거유? 더구나 대장 집안이 좀 사는 집이라고 하지 않았수?"

"그랬지. 비록 몰락 귀족이긴 하지만 그래도 좀 살긴 살았지."

"어, 귀족이었수?"

벤이 살짝 놀랐다는 얼굴로 묻자 레프가 살짝 어깨를 으쓱이며 입을 열었다.

"내 온몸에 자연스럽게 흐르는 기품과 품위를 보면 딱 모르겠냐?"

"그래서 아까 그런 노래를 신나서 불렀던 거유?"

"그, 그거야……."

순간 레프가 당황해서 말문이 막힌 듯하자 벤은 내심 쾌재를 부르며 고소해했다. 하지만 이내 서서히 증폭되는 살기와 급격히 구겨지는 레프의 얼굴을 보자 식겁한 얼굴로 황급히 화제를 바꿀 수밖에 없었다.

"아, 알았수. 흐른다 치고, 아무튼 그럼 가출은 왜 한 거유?"

"그러니까 몰락 귀족이긴 했어도 우리 집이 좀 살다 보니 내가 어려서부터 좀 과보호 속에서 자랐거든. 위험하다고 집 밖으로 외출도 거의 못하게 하다 보니 대부분 집안에서만 보내야 했지. 그러다 어느 날 아버지 서재에서 아주 재미난 책을 발견했지 뭐야. 내가 어려서부터 독서를 무지 좋아했거든. 그래서 용병 생활을 하면서도 다른 용병들과는 달리 좀 지적인 면이 많았잖아? 안 그래?"

'이런 썩을, 지적인 면은 개뿔!'

순간 벤은 내심 욕지기가 솟구쳤지만 그런 내심과는 달리 이어진 대답은 무척이나 비굴했다.

"헤헤, 하긴 대장이 다른 놈들하고는 달리 지적인 부분이 많긴 했수. 근데, 그래서 그다음은 어떻게 됐수?"

"어떻게 되긴, 일단 몰래 내 방으로 가져가서 읽었지. 그리고 나서야 그 책이 가문 대대로 전해지는 검술서인 걸 알았지. 그래도 우리 가문이 아주 오래전엔 라오스 왕국 내에서 꽤나 유명한 기사 가문이었거든. 물론 비전 검술서 일부가 소실되는 바람에 몰락하긴 했지만. 어쨌든 우리 가문의 보물이나 다름없는 물건이니 밤에 몰래 아버지 서재에 다시 가져다 놓으려고 했지."

"근데 그런 중요한 보물을 그냥 서재에 뒀다는 게 이상하지 않수?"

"물론 그냥 서재에 둔 건 아니지. 서재 깊숙이 아주 비밀스럽게 마련된 금고에 있었거든. 어쨌든 검술서를 다시 가져다 놓으려고 했던 내 계획에 미처 예상치 못했던 변수가 있었지."

"어떤 변수 말이우?"

"그게 밤까지 기다리기 심심하기도 하고 또 때마침 출출하기도 해서 육포라도 구워 먹으려고 불을 피웠거든. 너도 알지? 내가 육포 구워 먹는 걸 얼마나 좋아하는지. 하여간 그만 실수로 피워놓은 불에 검술서를 떨어뜨린 거지."

"헉, 그래서 어찌 됐수?"

"어찌 되긴, 당연히 재빨리 검술서를 빼냈지."

"오호, 그나마 다행이었수."

"다행은 개뿔. 그 잠깐 사이에 검술서가 조금 타버렸더라고. 그래도 어쨌든 검술서는 원래의 자리에 가져다 두고 곧바로 집을 나온 거지."

설명은 꽤나 길었지만 간단히 요약하면 결국 사고치고 도망 나왔다는 말과 다름없자 그래도 내심 무언가 특별한 사연이라도 기대했던 벤은 잔뜩 실망스런 얼굴로 대꾸했다.

"에이, 그러니까 결국 사고치고 혼날까 봐 무서워 가출했던 거였수?"

"허, 혼날까 무서워서라니? 난 단지 때마침 넓은 세상을 직접 보고 싶었을 뿐이야."

"푸하하! 뭐, 대장이 어련했겠수? 그건 그렇고, 얼마만이우?"

살짝 비아냥거리며 웃는 벤의 모습이 조금씩 기어오르려는 인상을 받아 내심 울컥했지만 바로 이어진 질문에 처음 가출할 때가 떠올랐는지 희미한 미소를 떠올리며 입을 열었다.

"음, 성년식을 치른 지 얼마 되지 않았을 때니 집을 나온 게 열다섯 살 때였군. 그러고 보니 벌써 13년이나 되었네."

"하긴, 내가 대장과 함께한지도 어느새 10년이나 되었으니…… 한데 대장, 그동안 어째서 한 번도 안 찾아갔던 거유? 설마 혼날까 봐 무섭기라도 했수?"

"……."

"어쨌든 이제 걱정 마슈. 그래도 13년 만에 돌아온 아들인데 설마 야박하게 혼내기야 하겠수?"

무언가 상념에 빠졌는지 레프에게서 아무런 대답이 없자 벤은 살짝 웃는 얼굴로 마치 혼잣말을 하듯 중얼거렸다.

그렇게 레프와 벤은 어느새 성문 앞에 도착했고, 경비병으로부터 간단한 검문을 마친 후 비로소 도시로 들어설 수 있었다.

그러자 그동안 높은 성벽에 가로막혀 보이지 않던 도시의 모습이 그대로 눈앞에 펼쳐졌다.

마차가 동시에 네 대는 지날 수 있을 정도로 넓은 도로는 얼핏 보기에도 무척이나 잘 정비되어 있었고, 도로를 따라 양 옆으로는 여러 화려한 양식으로 건축된 높고 커다란 건물들이 질서있게 늘어서 있었다.

확실히 라오스 왕국의 이대상업도시 중 하나답게 무척이나 화려하고 발전된 모습이었다.

"우아!"

순간 벤의 입에서 절로 탄성이 터져 나왔다.

그가 지금껏 활동했던 용병들의 왕국이라 불리는 카이로 왕국의 수도도 이곳만큼 화려하진 않았다.

카이로 왕국은 몬스터 산맥이라고 불리는—대륙 동부를 가로지르는—레이트라 산맥에 둘러싸여 잦은 몬스터들의 습격과 전투로 인해 아무래도 화려하기보다는 견고하고 실용적인 건축 양식이 발전될 수밖에 없었다.

그에 반해 라오스 왕국은 비록 그 영토는 다른 왕국에 비해 넓지 않았지만 대륙 서부 최대의 곡창지대인 드넓은 가리아나 평야를 포함하고 있었기에 무척이나 풍요롭고 부유한 왕국이었다. 자연스레 대륙 서부 지역 물류의 중심이 되었으니 제국과 여러 왕국들에서 전파된 화려한 건축 양식이 발달할 수밖에 없었다.

더구나 라오스 왕국에서 수도 라오네스를 제외하면 가장 발달한 곳이 이대상업도시였으니 지금 벤의 반응은 어찌 보면 너무나도 당연한 것이었다.

"와아! 오!"

"우아! 와우!"

"와! 우와!"

'아우, 쪽팔리게……'

쉴 새 없이 주위를 두리번거리며 연신 탄성을 내지르는 벤의 모습에 레프는 점차 얼굴을 찌푸리더니 급기야 더 이상 참지 못하고 으르렁거렸다.

"야, 이 자식아! 그만 좀 두리번거리고 그 입 좀 못 닫아?"

그러자 벤이 짐짓 의아한 얼굴을 하며 입을 열었다.

"대장, 내가 창피하우?"

"당연한 걸 뭐하러 물어?"

"한데 나는 말이우, 아까부터 너무 티 나게 여기저기 힐끔거리면서 눈동자만 굴리는 대장이 더 창피하우."

'헛!'

순간 레프는 흠칫할 수밖에 없었다.

10년이면 강산도 변한다는데 무려 13년의 시간이 지난 것이다. 당연히 모든 것이 그의 기억과는 너무도 다를 수밖에 없었고, 그러다 보니 자연스레 여기저기 눈이 갈 수밖에 없었던 것이다.

어쨌든 정곡을 찔려 잠시 당황한 레프는 그것이 마음에 안 들었고, 그것을 대변이라도 하듯 어느새 이마에 골이 파여 있었다.

"거 쓸데없는 소리 말고, 이제 거의 다 와가니 얼른 따라오기나 해."

"알았수."

조금 신경질적인 레프의 음성에 순간 머릿속에 경고음이 울리며 더 이상 자극해선 안 된다는 것을 눈치챈 벤은 아무런 대꾸없이 빠르게 앞서 걸어나가는 그를 황급히 뒤따랐다.

상업도시 바레인은 단순히 화려하기만 한 것이 아니었다.

대륙에서도 가장 풍요로운 서부 지역 물류의 중심이 되는 라오스 왕국의 이대상업도시 중 하나인만큼 여타의 다른 도시들과는 그 넓이나 규모를 달리했다.

그런 이유로 해가 머리 꼭대기에 떠 있을 무렵 바레인으로 들어섰던 레프와 벤은 해가 서쪽으로 거의 기울어갈 때쯤에야 도시의 북부 지역으로 들어설 수 있었다.

바레인의 북부 지역은 이제까지 지나쳐 온 거리들에 비해 그리 번화해 있지는 않았지만 화려하고 고풍스럽게 건축된 대저택들과 넓은 장원들이 주를 이루고 있는 것이 아마도 귀족이나 부유층이 주거하는 지역인 듯싶었다.

이윽고 레프와 벤이 도착한 곳은 한 장원의 앞이었다.

그저 담벼락이라 하기에는 그 높이가 상당했고, 그 너머로 멀리 보이는 고풍스럽게 건축된 커다란 대저택의 모습은 주변의 다른 장원들과는 그 차원을 달리했다.

그 모습에 벤은 다시 한 번 입을 크게 벌리며 탄성을 터뜨렸다.

"이야!"

"입 닫아라. 벌레 들어간다."

"대장, 근데 여기가 정말 대장 집이 맞긴 맞는 거유?"

"설마 내가 우리 집 하나 못 찾을까!"

"확실한 거유?"

"그렇다니까."

"정말이우?"

"……"

무엇이 그리도 못 미더운지 재차 확인을 하고도 다시 한 번 확인을 하던 벤은 문득 느껴지는 은근한 살기를 감지할 수 있었고, 동시에 수없는 전장들을 전전하며 발달한 특유의 위기감이 그의 뇌리에 강력한 경종을 울려대기 시작했다.

'헉!'

벤은 지금 작렬하는 뒤끝의 소유자인 자신의 대장의 성질을 돋우는 무척이나 위험한 장난을 치고 있음을 깨닫고는 황급히 수습에 들어갔다.

"헤헤, 난 대장을 믿수. 암, 대장이 설마 자기 집 하나 못 찾겠수?"

"들어가자."

비굴한 웃음까지 동원하는 필사의 노력 때문인지 레프는 그저 한번 째려봐 주곤 장원의 정문을 향해 앞서 걸어나갔다.

그제야 벤은 내심 안도의 한숨을 내쉬며 그 뒤를 따랐다.

이윽고 레프와 벤이 장원의 정문에 도달하자 그곳을 지키던 두 사내 중 상급자로 보이는 사내가 익숙한 움직임으로 둘을 막아서며 정중한 음성으로 물었다.

"어떻게 오셨습니까?"

"……."

하지만 무엇 때문인지 레프는 아무런 대답도 하지 않고 잠시 상대의 얼굴을 주시하더니 이내 확신이 없는 음성으로 입을 열었다.

"혹시… 베크?"

"누구십니까? 절 아십니까?"

"오랜만이야."

의아해하던 베크는 이어진 레프의 대답에 순간 무언가 떠올랐는지 놀라운 기색을 감추지 못했다.

"레, 레프 도련님? 도련님 맞으십니까?"

"응, 맞아."

"아니, 왜 이제야 돌아오신 겁니까? 그동안 도대체 연락도 없이 무얼 하신 겁니까? 자작 부인께서 얼마나 걱정을 많이 하셨는지 아시기는 합니까?"

숨도 쉬지 않고 잔소리를 쏟아내는 베크의 모습에 레프는 비로소 집에 돌아왔다는 것을 실감하곤 피식 웃었다.

"여전하네, 그 잔소리는. 그보다 아버지, 어머니는 건강하시지?"

"도련님 걱정하는 것 말고는 두 분 모두 무탈하십니다. 그렇잖아도 이제 곧 도련님 생일이 돌아오는 때라 요즘 자작 부인께서 많이 우울해하셨는데 이제라도 도련님께서 돌아오셔서 정말 다행입니다."

"그럼 난 아버지, 어머니 먼저 뵈러 갈게."

"제가 안내해 드리겠습니다."

"됐어. 비록 오래 떠나 있었다지만 그래도 15년 동안이나 살았던 집이야. 안내를 받아야 할 정도까지는 아냐."

"알겠습니다. 그러면 전 먼저 가서 자작님께 도련님께서 돌아오신 것을 알려드리겠습니다."

"그러든지."

"그럼 천천히 오십시오."

말을 마친 베크가 멀리 보이는 커다란 저택을 향해 빠르게 달려가자 레프 역시 벤을 데리고 다소 느린 걸음으로 마치 산보라도 하듯 걸음을 옮겼다.

"근데 대장 집은 그냥 조금 산다고 하지 않았수?"

"그랬지."

"이게 그냥 조금 사는 집이우?"

"왜? 이 정도 가지고는 좀 사는 집 축에 못 끼는 거야?"

"아니, 내 말은 그런 뜻이 아니잖수. 이게 좀 사는 거라면 대부분의 귀족들은 빈민이라 해야 할 거유."

"그럼 그런가 보지. 그런데 그건 왜 자꾸 따지는데?"

"이해가 안 가서 그렇수."

"어차피 네가 이해할 필요는 없으니 그냥 이해하지 마라."

"그래도 명색이 내가 대장의 왼팔이자 오른팔인데 그 정도는 알고 있어야 하는 것 아니우?"

"내 오른팔하고 왼팔은 내 어깨에 이렇게 잘 붙어 있거든."

"쳇! 됐수다."

레프가 팔까지 돌려가며 대꾸하자 벤이 입을 삐쭉 내어놓은 얼굴로 퉁명스럽게 대답했다.

"벤, 삐쳤냐?"

"안 삐쳤수."

"사내자식이 그런 것 가지고 삐치기는. 뭐, 비밀도 아닌데 말해주지. 우리 가문이 조그만 상단 하나 운영하거든. 그래서 좀 사는 것보단 좀 더 사는 집이거든. 이제 됐지?"

큰 인심이라도 쓰는 양 대답을 마친 레프는 곧바로 걷는 속도를 조금 더 올려 앞장서 나갔다.

하지만 레프가 한 말과는 달리 디체이스 상단은 비록 그로디아 대륙의 오대거상에는 들지 못하지만 대륙 서부의 물류의 중심인 라오스 왕국에서도 다섯 손가락 안에 드는 대상단이었다.

어쨌든 그렇게 얘기를 하는 사이 레프와 벤은 어느새 저택의 거의 바로 앞까지 도착해 있었다.

그 순간 저택에서 사십대 중, 후반의 중년인이 허겁지겁 달려오는 것이 아닌가. 바로 레프의 아버지이자 디체이스 자작가의 현 가주인 프라임 디체이스 자작이었다.

이윽고 레프의 바로 앞까지 달려와 멈춘 디체이스 자작은 13년 만에 돌아온 아들의 모습을 마리보며 떨리는 음성으로 입을 열었다.

"레, 레프야……."

오래전 '검의 지배자'라 불리는 소드 마스터를 여럿 배출

하면서 라오스 왕국을 넘어 대륙 최고의 명문가 중 하나였던 디체이스 백작가는 마나 수련법의 일부가 소실되면서 힘을 잃어 영지도 잃고 작위마저 자작으로 강등된 비운의 가문이었다.

그 후 재기를 위해 남은 재산을 모두 투자해 만든 조그만 상단이 라오스 왕국 오대상단에 꼽힐 정도로 규모가 커지자 상업도시 바레인에 자리를 잡고 소실된 마나 수련법을 복구하기 위해 총력을 기울였다.

하나 그것을 위해서는 최소한 참고가 될 만한 다른 마나 수련법이 있어야 했는데, 마나 수련법이 대륙에 알려진 그 수도 적을뿐더러 대부분 유명한 기사 가문에만 전해지는 비전 중의 비전이었다. 그러니 그들의 직계가 아닌 다음에야 그것을 구하는 것은 무척이나 요원한 일이었다.

그렇게 몇 대가 지나면서도 디체이스 자작가는 포기하지 않고 일부만 남은 마나 수련법이 포함된 가문의 검술서를 후대에 전했다.

하지만 그러한 디체이스 자작가의 숙원은 어이없는 사고로 인해 그만 산산이 부서지고 말았다.

바로 현 디체이스 자작의 장남이 친 사고로 그나마 일부 남아 있던 마나 수련법이 모두 소실되어 버린 것이다. 더구나 사고를 치고 가출한 디체이스 자작의 장남은 벌써 10년이 넘도록 생사조차 알지 못하고 있었으니 또다시 디체이스 자작가에 암운이 드리우는 듯했다.

"이제 곧 레프의 생일이 돌아오는군. 후우."

집무실에서 업무를 보던 디체이스 자작은 문득 어릴 적 가출한 이후 소식이 끊긴 큰 아들 레프의 생각에 깊은 한숨을 내쉬었다.

처음에는 그저 큰 사고를 친 아들이 혼날 것이 겁이 나 도망쳤으리라 생각했기에 하루 이틀만 지나면 알아서 들어올 것이라 여기고 그저 대수롭지 않게 생각했다.

이틀이 지나고 일주일이 지났음에도 레프가 돌아오지 않자 그제야 아차 싶었던 디체이스 자작은 뒤늦게나마 상단의 정보망을 총동원했고, 그것으로도 부족해 정보 길드와 용병 길드에까지 의뢰를 했다.

그러나 마치 땅으로 꺼지기라도 했는지 레프의 행방은 찾을 수가 없었다.

그렇게 몇 개월이 지나자 디체이스 자작가와 상단의 계승 구도가 서서히 차남인 제라드에게로 맞춰지기 시작하면서 그동안 레프의 실종으로 잔뜩 위축되어 있던 자작가와 상단은 비로소 안정을 되찾는 듯했다. 그러나 디체이스 자작의 근심은 더해만 갈수밖에 없었다.

자작가의 안주인인 디아나가 여전히 시름에 빠져 하루하

루를 눈물로 보내고 있었기 때문이다.

더구나 느지막이 셋째를 임신 중에 있었기에 혹시라도 건강에 문제가 생기지 않을까 늘 노심초사할 수밖에 없었다.

다행히 디체이스 자작의 근심은 오래가지 않았다. 무사히 셋째가 태어나자 디아나의 관심도 자연히 소식이 끊긴 레프에게서 멀어져 갔다. 그래도 매년 레프의 생일 무렵이 되면 다시 우울증이 도졌고, 그것이 어느새 10년을 넘게 이어져 왔던 것이다.

상황이 이러니 매년 레프의 생일이 다가오면 디체이스 자작은 걱정이 앞설 수밖에 없었다.

"후우……."

다시 한 번 깊은 한숨을 내쉰 디체이스 자작은 이내 밀린 업무를 처리하기 위해 책상 위 서류로 시선을 옮겼다.

콰당!

"자작님!"

갑자기 집무실 문이 요란하게 열리며 하나의 인영이 난입해 들어왔다. 바로 상단의 호위단에 속해 있는 베크란 자로 디체이스 자작도 이미 잘 알고 있는 인물이었다.

"허어, 무슨 일인데 그리 소란인가?"

"오셨습니다. 아니, 돌아오셨습니다."

"아니, 오다니? 도대체 누가 왔다는 것인가?"

베크가 흥분을 쉽게 진정시키지 못하고 횡설수설하자 디체이스 자작이 얼굴을 살짝 찌푸리며 답답하다는 듯 물었다.

그제야 베크는 애써 흥분 가라앉히며 대답했다.

"레프 도련님이 드디어 돌아오셨습니다."

"레, 레프가? 그, 그것이 사실인가?"

"그렇습니다."

순간 디체이스 자작의 얼굴이 기쁨과 반가움으로 물들었지만 이내 노한 기색이 역력한 굳은 얼굴로 다시 물었다.

"지금 어디 있는가?"

"지금 오시는 중입니다."

베크의 대답에 디체이스 자작은 바로 집무실을 박차고 나섰다.

이어 거의 달리다시피 하는 걸음으로 저택을 나온 디체이스 자작은 이내 청년 둘이 걸어오는 것을 발견하곤 단숨에 그들의 바로 앞까지 달려갔다.

확실히 한 청년의 얼굴에서 어릴 적 모습이 남아 있는 것이 자신의 아들이 틀림없었나.

"레, 레프야."

"아, 아버지."

디체이스 자작이 가늘게 떨리는 음성으로 자신의 이름을 부르자 레프는 13년 만에 느껴보는 혈육의 정에 이제야 비로소 집에 돌아왔다는 생각이 들어 새삼 감격스러워 저도 모르게 아버지의 품으로 뛰어들었다.

두 부자의 상봉은 보통이 그러하듯 감격적인 포옹으로 나름 훈훈한 장면이 연출되는 듯했다. 하지만 항상 예외라는 놈은 언제나 존재하게 마련이다.

처음에는 그저 죽은 줄만 알았던 아들이 살아왔다는 기쁨과 반가움뿐이었지만 막 자신의 품으로 안겨드는 레프의 기뻐하는 표정을 보자 디체이스 자작은 문득 그동안의 걱정과 마음고생이 떠오르는 것이었다. 그리고 그는 자신의 감정에 충실히 따랐다.

"이놈!"

"아, 아아앗!"

아버지의 품에 안기며 나름 감격적인 상봉을 예상했던 레프는 느닷없이 귀를 잡히자 저도 모르게 커다란 비명을 토해 냈다.

"이놈! 대체 뭘 하고 돌아다녔길래 10년이 넘도록 연락 한 번이 없더냐! 그러면서 아버지란 소리는 잘도 나오는구나!"

"아앗, 제가 무조건 잘못했어요, 아버지! 그러니 귀, 귀 좀! 으아아! 아버지! 으앗!"

"그래도 잘못을 한 건 아는 모양이구나."

"휴우! 죄송해요, 아버지."

디체이스 자작이 잡았던 귀를 놓아주자 그제야 레프는 안
도의 한숨을 내쉬며 다시 한 번 용서를 구했다.

"나야 이걸로 넘어간다지만 네 엄마는 그동안 마음고생이
이만저만이 아니었으니 아마 그리 쉽게 넘어가긴 힘들 게
다."

"다 제 잘못이니 어쩔 수 없죠."

"그래, 그럼 이제 한번 안아보자꾸나, 아들아."

말을 마친 디체이스 자작은 두 팔을 벌려 레프를 힘차게 감
싸 안았다.

죽었다 생각했던 아들을 13년 만에 처음으로 안아봐서일
까, 디체이스 자작의 눈시울은 절로 붉어졌고 레프 역시 살짝
눈시울이 붉어지는 듯했다.

"그동안 어떻게 지냈는지 궁금한 것이 많다만 그건 나중에
듣기로 하고 우선은 네 엄마부터 만나보도록 하자."

"네, 아버지."

"그런데 이 청년은 누구냐?"

이윽고 나름대로의 감격적인 부자 상봉을 마친 디체이스
자작이 뒤늦게야 레프의 뒤편에 멀뚱히 서 있는 벤의 모습을
발견하고 물었다.

"제가 용병 생활을 하면서 형제처럼 지내던 녀석이에요."

"대장의 오른팔이자 왼팔인 벤입니다."

"허허, 무척 씩씩한 청년이군. 어쨌든 잘 왔네."

레프의 소개에 벤이 재빨리 커다란 목소리로 당당하게 자신을 소개하자 디체이스 자작이 살짝 웃는 얼굴로 대답하곤 이어 뒤쪽에 대기하고 있는 베크를 향해 고개를 돌리며 입을 열었다.

"이 청년에게 쉴 곳을 안내해 주도록."

"알겠습니다, 자작님."

그렇게 벤이 베크의 안내를 받아 사라지자 남은 디체이스 자작과 레프는 디아나에게로 향했다.

잠시 후, 레프를 만난 디아나는 그동안 죽은 줄로만 알았던 아들이 돌아왔다는 사실이 도무지 믿어지지 않는지 마치 확인이라도 하듯 한참 동안이나 껴안고 얼굴을 만져보더니 이내 흐느껴 울기 시작했다.

"흐흑, 레프야……."

"어머니……."

"정말 내 아들 레프가 맞는 거니?"

"네, 저 레프 맞아요."

"오, 내 아들, 무사했구나. 흐흑! 오, 신이시여, 감사합니다. 흑흑……."

"어머니, 제가 잘못했어요. 그러니 이제 그만 우세요."

"흑, 그래. 네가 이렇게 무사히 돌아온 기쁜 날인데 울면 안 되지. 어디 아픈 곳은 없니?"

"전 아주 건강해요. 그리고 이제 어디 안 갈 테니 걱정 마세요."

"그래, 그래야지."

레프가 간신히 달래 디아나를 진정시키는 것으로 한차례 눈물의 모자 상봉은 끝이 났다.

그제야 지금껏 가만히 지켜보고만 있던 디체이스 자작이 끼어들며 입을 열었다.

"레프야, 그동안 도대체 어떻게 된 일인지 이제 한번 들어보자꾸나."

"그래, 어떻게 된 일이니?"

디체이스 자작의 말에 디아나까지 관심을 보이며 묻자 순간 레프의 얼굴이 무겁게 굳었지만 이내 이전과 다름없이 웃는 얼굴로 바뀌었다.

"그게… 사실은 그동안 기억을 잃었었어요. 가출했을 때 사고를 당해서 기억을 잃고 있다가 얼마 전에야 다시 기억을 되찾았어요. 그래서 이제야……."

"흑, 가여운 우리 아들. 이제 괜찮은 거니?"

"네, 이제 기억도 모두 돌아왔고 아무 문제없어요. 그러니 이렇게 돌아왔죠."

"정말 괜찮은 거니?"

"저 정말 괜찮으니 걱정 마세요."

"부인, 레프 말대로 이렇게 돌아왔으니 다 잘된 일 아니오? 그래도 부인이 불안하다면 내일이라도 신관을 모셔 레프를 보일 테니 아무 걱정 마시오."

"꼭 그래야 해요."

"알겠소. 내 틀림없이 그러리다. 레프야, 너도 오느라 피곤했을 테니 저녁 식사 전까지 좀 쉬거라."

"네."

디아나의 방을 나선 레프는 예전 기억을 더듬어 자신의 방을 찾아갔다.

방의 내부는 13년간 시간이 정지되어 있기라도 한 듯 그가 기억하는 예전 모습에서 조금도 다르지 않아 마치 어제 가출해서 오늘 들어온 것처럼 여겨질 정도였다. 아마도 디아나가 꽤 정성을 기울여 관리해 왔으리라.

레프는 새삼 어머니의 사랑이 느껴지자 모든 사정을 다 털어놓을 수 없는 점이 무척이나 죄송스러웠다. 물론 부모님께 밝힌 그간의 사정이 거짓은 아니었지만 극히 일부에 지나지 않았다. 무엇보다 그는 단순히 기억을 잃은 것이 아니었다.

13년 전 커다란 사고를 치고 가출했던 당시 레프는 그만 벼락을 맞는 아주 재수없는 사고를 당했다. 그래도 재수가 아주 없지는 않았는지 목숨을 잃지는 않았지만 뇌에 꽤 강한 충격을 받아 모든 기억을 잃어버렸던 것이다.

정작 문제는 잃어버린 기억을 대신해 또 다른 새로운 기억이 레프의 머릿속을 가득 채웠다는 점이다. 다름 아닌 바로 전생의 기억이었다.

그것으로 레프는 더 이상 레프가 아닌 전생의 인물인 유운성이 되어버린 것이다.

유운성은 강호 무림의 구파일방에 들지는 못해도 그에 못지않은 해남검파라는 꽤 거대한 문파의 장문제자였다.

더구나 백 년에 하나 태어날 정도로 최상의 근골을 지녀 해남검파 역사상 최강의 무인이 탄생할 것이란 기대를 한 몸에 받는 유력한 차기 장문인 후보였다.

그런 만큼 온갖 영약을 섭취하는 특권을 누렸고, 모두의 기대대로 그는 빠른 성취를 얻어 나이 사십이 되기 전에 이미 해남검파 최강의 무인이 될 수 있었다. 그러나 그런 요소들이 오히려 독이 되었음인지 더 높은 경지를 향한 조급함은 그를 주화입마라는 수렁으로 이끌었고, 결국 목숨마저도 잃었던 것이다.

그렇게 레프는 기억을 모두 잃는 대신 전생의 인물인 유운성의 기억만을 가진 채 착각하며 살아가다 기억을 되찾은 것이 바로 3년 전의 일이었다.

하나 잃었던 기억을 되찾은 것이 오히려 오랜 시간 전생의 기억으로 살아온 레프에게 혼란을 초래했고, 정체성마저도 흔들리게 만드는 요소가 되었다. 이를 수습하는 데만 무려 3년이란 시간이 걸렸던 것이다.

아무리 가족이고 부모라 해도 이러한 사실을 모두 밝히고 설명하기에는 조금 무리가 있을 수밖에 없었다. 더구나 지난 13년간 용병으로 전장을 전전하였고, 특히 가까운 3년은 혼란을 겪으며 정신적으로 많이 지쳐 있던 그이기에 이제는 그저 가족들 품에서 평온한 일상을 보내고 싶은 것이 유일한 바람이었다.

가만히 침대에 누워 눈을 감은 채 지난 13년의 세월을 정리하고 있던 레프는 때마침 들려온 노크 소리에 상념에서 깨어났다.

똑똑.

딸칵!

노크 소리에 이어 조용히 문이 열리고 제법 준수하게 생긴 청년 하나와 열두세 살 정도의 귀여운 여자아이 하나가 방으로 들어왔다.

레프는 청년의 얼굴에 남아 있는 어릴 적 동생의 모습을 발견하곤 살짝 멋쩍은 얼굴로 입을 열었다.

"제라드, 오랜만이다. 정말 멋지게 자랐구나."

"형님, 왜 이제야 오셨습니까? 그동안 어머니께서 얼마나 슬퍼하셨는지 아십니까?"

"미안하다."

"그럼 이제 다시는 말없이 사라지지 마십시오."

"그래, 약속하마."

"믿겠습니다. 그리고 정말 잘 돌아오셨습니다."

"고맙다."

그렇게 짧은 동생과의 해후를 끝내자 레프의 시선은 자연스레 또 다른 방문자인 여자아이에게로 향했다.

그러자 제라드가 설명을 하려는 듯 입을 열었다.

"형님이 집을 나가신 해에 태어난 우리 막내 레이첼입니다."

"아, 그때 어머니 뱃속에 있던……?"

"맞아요."

그제야 자신이 가출할 당시 어머니의 뱃속에 동생이 들어 있단 말을 들었던 것을 기억해 낸 레프가 웃는 얼굴로 레이첼을 향해 인사했다.

"안녕, 꼬마 아가씨."

"칫! 레이첼은 꼬마가 아냐. 숙녀라구."

"하하하! 그래, 레이첼, 미안하다."

호칭이 맘에 안 들었는지 레이첼이 새침한 표정으로 반박하자 레프는 그 모습이 너무도 귀엽게 느껴져 크게 웃으며 바로 정정해 주었다.

"이번엔 처음이니까 레이첼이 특별히 봐줄게."

"어쨌든 반갑구나, 레이첼."

"레이첼도 말로만 들었던 말썽쟁이 레프 오라버니가 돌아와서 기뻐."

"그래, 고맙구나. 하하하!"

레프가 유쾌하게 웃으며 레이첼과 인사를 마친 듯하자 제라드가 끼어들었다.

"형님, 이제 식사하러 가시죠.

"그러자."

VHLOSTIER

제 2 장 허풍쟁이 벤

　레프가 13년간의 가출을 끝내고 집으로 돌아온 지도 어느새 한 달이란 시간이 지나갔다.

　그사이 레프가 한 일이라곤 그저 먹고 자고 벤과 함께 빈둥대다 간혹 막내 여동생인 레이첼과 놀아주는 것이 전부였다. 그래도 처음과는 달리 레프가 상냥히 마음에 들었는지 레이첼도 꽤나 잘 따랐다.

　물론 그러한 배경에는 새로 생긴 여동생에게 잘 보이기 위한 레프의 부단한 노력 덕분이지만 말이다.

　어쨌든 하루 종일 빈둥대는 레프의 모습에 처음에는 모두

들 그저 기억을 되찾은 지 얼마 되지 않아 휴식이 필요한 것이라 여겼다. 하지만 일주일이 지나고 다시 또 일주일이 지나도 여전히 빈둥대기만 하고 그것이 한 달에 이르자 이제 아무도 그를 신경 쓰지 않았다. 그런 이유로 레프가 방에 있으면 그를 찾는 이는 레이첼이 유일했다.

오늘도 아침을 먹은 뒤 벤과 함께 자신의 방에서 아무 일 없이 빈둥대고 있던 레프는 갑자기 방문이 벌컥 열리며 난입해 들어오는 누군가의 방문을 받아야만 했다.

물론 방문자의 정체는 딱히 확인하지 않더라도 디체이스 자작가의 막내인 레이첼임이 당연했고 말이다.

벌컥!

"레프 오라버니!"

"그래, 레이첼, 왜 그러니?"

"레프 오라버니, 우리 작은오라버니 검술 연습하는 거 보러 가자."

"검술?"

"응. 같이 가자."

"레이첼, 검술 연습하는데 뭐 볼 게 있다고 가자는 거야?"

"그래도 같이 가자, 레프 오라버니!"

"레이첼, 나도 같이 가고는 싶은데 이 오라버니가 지금 조금 바쁘구나."

새로 생긴 귀여운 여동생의 부탁이니 되도록이면 들어주고 싶은 레프였지만 아침을 먹은 지 얼마 되지 않아 식곤증까지 몰려와 무척이나 귀찮았기에 최대한 열심히 레이첼을 설득해 나갔다.

　하지만 그런 레프의 노력은 벤의 한마디에 와르르 무너져 버렸다.

　"대장, 어차피 할 일도 없잖수. 거 우리 레이첼 아가씨 부탁인데 웬만하면 좀 들어주지 그러우."

　"거봐, 벤도 할 일 없다잖아. 오라버니, 같이 가자아."

　레이첼이 벤의 말에 반색하며 다시 채근해 오자 더 이상 핑계를 댈 수가 없었던 레프는 와락 구겨진 인상으로 벤을 한번 쏘아보고는 결국 허락할 수밖에 없었다.

　"그, 그래."

　"와아, 신난다! 벤도 같이 갈 거지?"

　"대장의 왼팔이자 오른팔인데 당연하지유."

　내심 자신의 섣부른 실수를 자책하며 이제 유일한 생명줄인 레이첼에게 최대한 붙어 있기로 다짐하는 벤이었다.

　"레프 오라버니, 그럼 어서 가자."

　"후우, 그래."

　그렇게 레이첼에게 이끌려 레프와 벤이 도착한 곳은 자작가 저택의 뒤편에 위치한 커다란 연무장으로 디체이스 상단의 호위단이 사용하는 곳이었다.

본래 상단의 상행은 소수의 A급이나 B급 용병들과 다수의 C급과 D급 용병들을 고용해 상행에서의 각종 위험을 호위하도록 하는 것이 보통이었다.

하지만 B급 이상의 용병들은 그리 흔하지 않아 필요한 수를 제때 고용하지 못해 상행의 일정에 지장을 주는 경우가 종종 생기곤 했다.

그러한 문제가 계속해서 지속되자 언제부터인가 거대 상단들은 자체적으로 호위단을 만들고 B급 용병 이상의 실력자들을 포섭하거나 육성해 상행에 필요한 소수의 A급, B급 용병들을 대신하기 시작했던 것이다.

그러다 보니 이제는 호위단의 유무와 규모에 따라 그 상단의 평가 또한 달라졌다.

이에 따라 거대 상단의 호위단은 웬만한 귀족가의 기사단과도 견줄 정도가 되었고, 그 대우나 자존심 역시 무척이나 높았다.

디체이스 상단 역시 라오스 왕국 오대상단에 속하는 거대 상단이었기에 상당한 규모의 호위단이 존재하는 것은 당연했고, 단원들의 실력 역시 무척이나 뛰어난 편에 속했다.

그런 만큼 그들이 검술 훈련을 하는 연무장은 웬만한 고위 귀족가 기사단의 연무장만큼이나 잘 갖춰져 있었다.

연무장 곳곳에는 상행을 나가지 않은 호위단원들이 각자 개인 훈련에 집중하느라 레이첼을 비롯한 레프와 벤이 연무장으로 들어섰음에도 대부분 알아채지 못하고 있었다. 그리고 그것은 제라드 역시 마찬가지였다.

　제라드는 연무장 한쪽 구석에서 삼십대 초반 정도로 보이는 강인한 인상의 사내에게 검술 지도를 받으며 그것에 집중하고 있었다.

　레프는 레이첼, 벤과 함께 한쪽에 자리를 잡고 앉아 조용히 구경하기 시작했다.

　"핫!"

　쇄애액! 후웅!

　"타앗!"

　슈아악! 쑤아앙!

　제라드는 커다란 기합성과 함께 힘차게 검을 내지르며 빠르게 검술을 펼쳐 나갔고, 마치 일검 일검에 혼신의 힘을 기울이는 듯 그의 이마에서는 끊임없이 구슬땀이 흘러내리고 있었다.

　레이첼은 잔뜩 흥미로운 얼굴로 그 모습에 집중했고, 레프와 벤은 그저 무덤덤한 얼굴로 조용히 구경할 뿐이었다.

　바로 그때 벤이 무언가 의아한 것이 있는지 레프를 향해 물었다.

"대장, 저건 무슨 검술이우?"

"게일 소드라고, 우리 가문에 전해지는 검술이지."

"근데 가문에 전해지는 검술이라면 비전 중의 비전일 텐데 이렇게 모두가 보는 장소에서 막 펼쳐도 되는 거유?"

"그거야 마나 수련법이 소실되고 가문이 몰락해 이젠 상단이나 운영하는 처지이니 호위단의 실력이라도 높이기 위해 검술을 공개한 거지."

"아, 그런 거였수?"

한 가지 의문을 해결한 벤은 다시 조용히 구경하기 시작했다. 하지만 이내 또다시 의아한 얼굴로 레프를 향해 물었다.

"대장, 근데 지금 저게 게일 소드가 맞긴 맞는 거유?"

"아마도."

"그래도 이름이 게일 소드라면 빠르고 강한 질풍이 연상돼야 하는데 저기 어디서 강한 바람이 연상되냔 말이우? 살랑살랑 불어오는 미풍이면 모를까?"

"이놈은 꼭 한 번씩 멍청한 소리를 해요. 그거야 검술을 펼치는 사람이 문제인 거지. 그리고 나한테 처음 검술 배울 때 넌 안 그런 줄 알아?"

"거 말도 안 되는 소리 마시우. 내가 언제 저렇게 흐느적거렸단 말이우?"

레프의 말에 살짝 발끈한 벤이 저도 모르게 음성을 조금 높이자 수련에 집중하고 있던 제라드와 그를 지도하던 사내에게까지 들릴 수밖에 없었다.

어떻게 보면 모욕적인 발언이었고, 더구나 그 당사자가 검술이라곤 익혀보지도 못했을 것 같은 호리호리한 체구에 얼굴만 반반한 기생오라비같이 생긴 자였기에 검술 지도를 하던 사내의 얼굴이 잔뜩 찌푸려질 수밖에 없었다.

하지만 그럼에도 모욕을 당한 제라드는 레프와 레이첼을 발견했기에 겉으로 내색하지 않고 오히려 웃는 얼굴로 둘을 맞이했다.

"형님 오셨어요. 레이첼도 왔구나."

"그래, 열심이구나."

"작은오라버니, 정말 멋졌어. 헤헤."

"하하, 고맙다, 레이첼."

그렇게 레이첼의 활약과 제라드의 노력으로 분위기가 밝아지는 듯했다. 하지만 제라드에게 검술을 지도하던 사내는 여전히 못마땅한 얼굴을 하고 있었다.

"오랜만에 뵙습니다, 레프 도련님."

"아, 그러고 보니 예전에 호위단 수습단원이었던 로이튼이던가?"

"기억하고 계시는군요. 하지만 그건 오래전 얘기고 지금은 호위단을 맡고 있습니다만."

"형님은 모르시겠지만 로이튼 경은 익스퍼트 중급으로 호위단 최고의 실력자랍니다."

"아, 그래? 익스퍼트라……. 대단하네. 그것도 중급이라니……."

로이튼의 쌀쌀맞은 어투에 가라앉는 분위기를 조금이나마 완화시키기 위해 제라드가 재빨리 끼어들며 자랑하듯 말했다. 그러자 레프가 말로는 감탄을 하면서도 얼굴에는 전혀 감탄의 기색을 보이지 않는 투로 대답했다.

그것이 로이튼을 자극했을까. 제라드의 노력에도 불구하고 로이튼은 그저 대충 넘어갈 생각이 없다는 듯 벤을 가리키며 레프에게 물었다.

"저분은 레프 도련님의 손님이십니까?"

"그런 셈이지."

"한데 조금 전 저분의 말로 볼 때 상당히 검술 실력이 뛰어난 것 같은데 제라드 도련님께 한 수 배움을 주시는 것은 어떻겠습니까?"

로이튼은 반어적인 표현으로 살짝 비꼬며 레프를 통해 벤에게 대련을 청했다. 그것도 자신이 아닌 제라드의 상대로 말이다. 그렇게 되자 이제는 오히려 제라드가 가장 당황스러울 수밖에 없었다.

더구나 상대가 다름 아닌 형님의 손님이었기에 더욱더 당황해 레프의 눈치를 살필 수밖에 없었다. 그리고 그것은 벤 역시 마찬가지였다. 대련 한 번 하는 것쯤이야 그다지 어려운 일도 아니었고 로이튼의 말대로 가볍게 한 수 가르쳐 줄 용의도 충분히 있었지만 결정적으로 레프의 허락이 있어야만 했다.

이래저래 둘 다 레프의 눈치를 살필 수밖에 없는 상황이었고, 그것을 알기에 로이튼 역시 레프에게 허락을 구했던 것이다.

그렇게 결정권은 레프에게로 넘어갔고, 그 역시 어떤 결정을 내리든 상관이 없었다. 어차피 벤의 실력이라면 상대가 로이튼이라 해도 조금의 부상없이 상대를 제압하는 것은 일도 아니었으니 제라드에게 조금의 가르침을 주도록 할 수도 있는 일이었다.

하지만 레프는 흡사 귀족가의 기사들과 같이 자연스럽게 몸에 배어 있는 거만함 때문인지 왠지 로이튼이 마음에 들지 않았다. 그러다 보니 상황이 그의 의도대로 전개되는 것도 당연히 마음에 들지 않았다.

물론 대련에서 제라드가 이기지 못할 것이 분명하니 딱히 로이튼의 의도대로 전개되는 것은 아니었지만 그가 원하는 대로 대련 자체가 성사되는 것조차 내키지 않았다.

결국 레프의 결정은 이미 나 있는 것이나 다름없었고, 그런 그의 기분이 묻어나는 무뚝뚝한 음성으로 입을 열었다.

"난 벤과 제라드의 대련을 허락할 생각이 없어."

"이유를 물어도 되겠습니까? 혹시 모를 사고를 걱정하시는 겁니까?"

"잘 아는군."

"그렇다면 크게 걱정하실 일은 아닙니다. 어차피 대련이니 목검을 사용할 테고, 그래도 위험한 상황이 온다면 제가 미연에 막을 것입니다."

"착각하는군. 저 녀석은 나와 함께 10년이 넘는 용병 생활을 해왔어. 그것도 상행이나 호위하는 의뢰 따위가 아닌 피가 튀는 진짜 전장만을 돌아다녔어. 우리 같은 용병은 대련 따위는 해본 적이 없어. 오로지 전장에서 실전을 통해 실력을 키워왔어. 그런 저 녀석이 가르쳐 줄 것이 있다면 오로지 상대를 죽이는 법뿐인데, 그걸 배우려면 상대 역시 목숨을 걸어야해. 그런데 대련 한 번에 내 동생의 목숨을 걸란 말인가?"

레프의 말이 하나도 틀리지 않았기에 로이튼도 더 이상 할 말이 없었다.

하지만 왠지 대련을 허락하지 않는 이유가 따로 있다는 느낌이 들었다. 더구나 그러한 말을 한 레프나 대련의 당사자가될 벤의 모습은 아무리 봐도 그러한 용병의 모습과는 거리가먼 느낌이었으니 말이다.

어쨌든 레프의 반대로 로이튼의 의도는 무산되었고, 그렇게 연무장에서의 일은 마무리되었다.

죽은 줄 알았던 아들이 13년 만에 무사히 돌아와 기분이 좋았던 디체이스 자작은 요즘 무척이나 심기가 불편했다. 그리고 그 원인 역시 다름 아닌 13년 만에 귀향한 이후 두 달째 빈둥대고 있는 아들 레프에게 있었다.

처음에는 그저 그동안 쌓여왔던 피로를 풀기 위한 휴식이라 생각했고, 그 이후로는 오랜 세월 용병 생활을 하다 바뀐 환경 탓에 어색해서 그렇다고 이해했다. 그래서 상단의 업무를 조금 맡겨보기도 했지만 영 의욕을 보이지 않고 오히려 귀찮아하는 것이었다. 그때부터 디체이스 자작의 고민은 시작되었고, 그것은 자작 부인인 디아나 역시 마찬가지였다.

그런 이유로 지금 디체이스 자작 내외는 머리를 맞대고 방법을 고민 중이었다. 그리고 고민은 그리 오래가지 않았다.

"부인, 결혼을 시키는 것은 어떻겠소?"

"결혼요?"

"그렇소. 그래도 책임져야 할 가족이 생긴다면 조금 생각이 바뀌지 않겠소?"

"그럴 수도 있겠군요."

"더구나 레프의 나이도 벌써 28살이니 지금도 많이 늦은 편이라 할 수 있고 말이오."

"하긴 그러네요. 그럼 누구 생각해 두신 아이라도 있는지요?"

"사실 얼마 전부터 채프린 남작이 우리 제라드와의 혼담을 넌지시 물어왔던 참이오. 그래서 긍정적으로 생각하고 있었는데 레프가 이렇게 무사히 돌아왔으니 아무래도 녀석이 먼저 아니겠소?"

"채프린 남작가의 여식이라면 저도 조금은 들은 것이 있는데 그 아이라면 레프의 짝으로 조금도 손색이 없을 듯하군요."

"역시 부인도 그렇게 생각하는구려. 그렇다면 본격적으로 추진을 해야겠소. 그럼 당장 레프를 불러 알려줘야겠구려."

의외로 쉽게 방법을 찾아낸 디체이스 자작은 곧바로 시녀를 시켜 레프를 호출했다. 그리고 얼마 지나지 않아 디체이스 자작의 전갈을 받은 레프가 방으로 들어섰다.

"아버지, 어머니, 찾으셨어요?"

"내 그동안 널 지켜보니 아무래도 갑자기 바뀐 환경 탓에 마음을 잡지 못하는 듯싶더구나. 그래서 나와 네 엄마가 같이 널 도울 방법이 없을까 많은 고민을 해보았다."

디체이스 자작의 말에 찔리는 것이 많은 레프는 기어들어가는 목소리로 대답했다.

"죄송합니다."

"아니다. 그게 어디 네 잘못이겠느냐? 그래서 말인데, 이제 네 나이도 있고 하니 결혼을 서두르는 것이 어떻겠느냐?"

"결혼요?"

"그래, 결혼을 하게 되면 네 기분이나 마음가짐도 바뀔 테고, 그러다 보면 너도 마음을 잡기가 좀 더 쉽지 않겠느냐?"

'결혼이라……'

갑작스런 디체이스 자작의 제안에 레프는 순간 당황했지만 가만히 생각해 보자 꼭 나쁘게 생각할 것만은 아니었다.

더구나 전생에서도 무공에 미쳐 결혼을 한 적이 없으니 결혼이라는 것을 해보고 싶다는 생각이 들기도 했기에 더 이상 생각할 필요도 없이 곧바로 대답했다.

"알았어요. 그럴게요."

"레프, 네가 이렇게 긍정적으로 생각해 주니 기쁘구나. 그럼 내 채프린 남작가와 혼담을 최대한 빠르게 진행시키도록 하마."

순간 레프는 자신의 귀를 의심하며 혹시 잘못 들은 것이 아닌지 확인을 위해 황급히 반문했다.

"네? 아, 아니, 채프린 남작가라뇨?"

"채프린 남작가에서 혼사에 대한 의향을 넌지시 물어오더구나. 그래서 네 생각을 물어봤던 건데 마침 너도 좋다고 하니 얼마나 잘된 일이냐."

그제야 어느 정도 상황을 파악한 레프는 자신이 얼마나 엄청난 실수를 저질렀는지 깨닫고는 내심 크게 당황할 수밖에 없었다.

사실 결혼을 한번 해보고 싶다는 생각을 했던 것도 달콤한 로맨스를 꿈꿨던 것이지 결코 정략결혼 따위를 하고 싶은 것은 아니었다.

하지만 이미 디체이스 자작에게 대답을 해버린 상황이었고, 분위기를 보아하니 지금에 와서 그것을 다시 번복하기란 그리 쉬워 보이진 않았다. 그렇다고 이대로 정략결혼의 희생양이 되고 싶지는 않았기에 레프는 맹렬히 머리를 굴려 고민해야만 했다.

의외로 어떤 문제든 그 해결을 위한 답을 찾는 방법은 무척이나 간단했다.

어떠한 결과가 있다면 반드시 그에 따른 원인이 존재하게 마련이었으니, 지금 결혼이라는 결과가 나왔다면 그러한 결과를 낸 원인이 무엇인지 파악하면 되는 것이었다. 그리고 그것에 대해서는 레프 자신이 그 누구보다도 잘 알고 있었으니 애초부터 고민할 필요가 없는 문제였다.

'아, 나의 평온한 일상이 결국 이렇게 어이없이 깨지고 마는구나.'

레프는 자신의 어이없는 실수 하나로 인해 벌어진 결과로 내심 눈물을 흘리며 조용히 입을 열었다.

"아버지, 어머니."

"왜 그러니?"

"할 말이 있거든 해보아라."

"지금 다시 생각해 보니 아무래도 지금 결혼을 하는 것은 좀 이른 것 같네요."

"아니, 그게 무슨 말이냐? 지금 네 나이가 몇인데 뭐가 이르다는 것이냐?"

"그래, 레프야, 지금 네 나이면 많이 늦은 거란다. 그리고 채프린 남작가 여식의 마음씨가 아주 착하다고 하더구나."

느닷없이 레프가 결정을 번복하자 흥분한 디체이스 자작이 노한 음성을 터뜨렸고, 디아나는 안타까운 얼굴로 레프를 설득했다.

하지만 디아나의 설득은 그다지 효과를 보지 못했다.

자고로 여자에게 칭찬할 점이 없을 때 마음이 착하다는 말을 쓰는 것은 만고불변의 진리였으니 오히려 디체이스 자작의 노한 음성에 잠시나마 흔들렸던 레프의 결정을 더욱 확고히 만드는 결과를 가져왔다.

"아버지, 제 나이가 결혼하기에 이르다는 말이 아닙니다. 다만 결혼이라는 것이 일생일대의 중대한 일인데 제 자신이 아무런 준비도 하지 않고 결혼을 한다면 무척이나 무책임한 일이라고 생각합니다. 그래서 당분간은 상단의 일을 도우며 조금이라도 경험을 쌓고 그런 후에 결혼을 생각하는 것이 옳다고 생각되네요."

다시 이어진 레프의 이야기를 듣고 난 디체이스 자작은 일단 소기의 목적을 달성했음에 크게 만족하면서 노기를 가라앉혔다. 그래도 이왕이면 이참에 결혼을 시켜 손자까지 보고 싶은 욕심에 다시 한 번 레프를 설득하기 시작했다.

"레프야, 네 말이 틀린 말은 아니다만 중요한 건 그러한 마음가짐이 아니겠느냐? 네가 그런 마음가짐을 가지고 있다면 문제될 것이 없다고 생각한다."

"아버지 말씀이 맞긴 하지만 이미 제 자신이 그렇게 결심을 세웠어요. 사내의 결심이 쉽게 흔들린다면 마음가짐 역시 흔들리기 쉬울 것이 분명해요."

레프의 결심이 너무도 확고한 듯 보이자 디체이스 자작도 이쯤에서 그만 한 발짝 물러설 수밖에 없었다.

"그래, 그렇다면 네 뜻에 따르도록 하마."

"감사합니다."

"그건 그렇고, 상단에서는 어떤 일을 해보고 싶은지 말해보거라."

"그동안 10년 넘게 용병으로 떠돌았으니 일단 지금으로선

제가 할 줄 아는 일이라곤 용병 일뿐이라고 생각합니다. 그래서 일단은 상행을 호위하는 일부터 해볼까 합니다."

"흠, 그래도 단순히 상행을 호위하는 일을 해서는 상단 일을 배울 수 없으니 내 유능한 사람을 붙여줄 테니 상행을 한 번 책임져 보거라."

"네."

"그럼 근시일 안에 출발하는 상행의 책임자로 레프 너를 임명해 줄 테니 미리 준비하고 있거라."

"그럴게요. 그럼 전 그만 나가볼게요."

그렇게 디체이스 자작 내외를 만나고 돌아오는 레프는 마치 세상 다 산 늙은이와도 같이 긴 한숨을 내쉬었다.

"후우, 내 평온한 일상도 이제 행복 끝, 고생 시작이구나."

아버지와 어머니의 결혼 공세로 인해 결정되었던 레프의 첫 상행의 출발은 바로 일주일 뒤였다.

그래도 첫 상행이라고 디체이스 자작이 많이 신경을 써주어 바로 국경을 맞대고 있는 이웃 왕국인 아이안 왕국의 비즈라는 도시가 목적지였다.

국경을 맞대고 있는 왕국인만큼 상행의 기간은 한 달도 채 걸리지 않을 정도로 짧았지만 아이안 왕국과의 국경을 이루고 있는 바리타스 산맥의 끝자락을 지나쳐야 했기에 몬스터의 습격을 조심해야 하는 곳이었다.

디체이스 자작은 이번 상행을 위해 레프에게 유능한 행수 하나와 실력이 뛰어난 호위단원 다섯을 붙여주고 준비를 하게 했다.

아직 상행의 출발은 일주일이나 남았지만 상행의 책임자가 미리 검토해야 할 일이 의외로 많았기에 레프는 행수에게 조언을 받아가며 하나하나 배워 나가야 했다.

또한 아무리 바리타스 산맥의 끝자락이라곤 하지만 그곳을 통과하기 위해선 호위대의 규모 또한 최소로 잡아도 50명 이상은 되어야 가능했다.

이번 상행에 참가하는 호위단원이 총 다섯이었으니 그들이 지휘할 C급과 D급 용병 50여 명을 미리 용병 길드에 의뢰해 두어야 했다.

그 외에 개인적으로 준비해야 할 것은 따로 필요치 않았다. 어차피 풍부한 용병 경험으로 대부분의 것은 현장에서 그때그때 자급자족도 가능했고 그렇지 못한 것이라 해도 자칭 레프의 오른팔이자 왼팔인 벤이 알아서 준비해 둘 것이 분명했기 때문이다.

그렇게 나름대로의 바쁜 일주일이 훌쩍 지나가고 드디어 상행이 출발하는 날이 밝았다. 이미 모든 준비는 완벽하게 되어 있어 그대로 출발만 하면 되는 상황이었다.

그래도 디체이스 자작가 장남의 첫 상행이라고 자작 내외를 비롯해 제라드와 레이첼까지 레프를 배웅하기 위해 나와 있었다.

"아버지, 어머니, 다녀올게요."

"그래, 조심히 다녀오거라."

"레프야, 다치지 말고 무사히 다녀오너라."

"네, 걱정 마세요."

"형님, 무사히 다녀오세요."

"레프 오라버니, 빨리 와야 해. 그리고 올 때 선물 사오는 거 꼭 잊지 말고. 알았지?"

"그래, 너희도 그동안 잘 지내고. 그럼 다녀오마."

가족들과 간단한 인사를 마친 레프는 이어 자신을 보조하기 위해 붙여준 다이룬 행수를 통해 다시 한 번 이상이 없는지 점검했다.

"모두 이상 없습니다, 도련님."

"그럼 출발하지."

"네. 선두 출발!"

이것으로 레프의 첫 상행이 비로소 시작되었다.

여러 가지 물건이 잔뜩 실린 짐마차로 인해 상행의 속도는 의외로 무척이나 더뎠다. 더구나 상업도시 바레인을 벗어나고부터 시작된 벌판이 끝없이 이어지고 있어 무척이나 따분하게까지 했다.

그럼에도 레프는 평소 빈둥대기 스킬의 숙련도를 높여놓은 덕에 마차 안에서 꼼짝도 하지 않고 잘 버텨내고 있었다.

도무지 끝나지 않을 것만 같던 드넓은 평원이 상행 3일째가 되자 드디어 그 끝을 보이면서 숲으로 이어졌다.

숲이라고 해봐야 그저 야수들이나 좀 있을 뿐 특별히 몬스터가 서식하는 곳이 아니었기에 상행은 여전히 평온하다 못해 따분하기가지 했다.

아무리 빈둥대기 스킬의 숙련도가 높은 레프 역시 4일 동안 평원과 숲이라는 단 두 가지 배경만 보아오자 슬슬 질리기 시작했고, 무언가 이 상황을 벗어날 만한 이벤트가 필요하다 생각했다. 그리고 그것은 상행에 합류한 모든 인원을 위해서도 꼭 필요한 일이라고 생각하며 나름대로의 동기 부여까지 해주는 레프였다.

"벤!"

"왜 그러우, 대장?"

"입도 좀 칼칼하고 한데 뭐 마실 것 좀 챙겨놨겠지?"

"대장, 아마추어같이 당연한 걸 왜 묻고 그러우?"

"하하, 하긴. 그런데 얼마나 챙겨놨는데?"

"대장하구 나하고 여기 간부들까지는 취할 수 있을 정도로 충분하우."

"뭐, 그 정도면 모두 다 같이 먹어도 되겠군. 어차피 취하도록 마시면 안 되니 말이야."

"대장, 파티라도 하려고 그러는 거유?"

"응, 깜짝 파티."

"그럼 고기도 있어야 하는 것 아니우?"

"고기야 네가 해결해 와야지. 여기서 전방에서 약간 좌측 방향으로 200미터 정도 가면 멧돼지 한 마리 있을 테니 잡아 오도록 해."

벤의 말이 없었어도 이미 주위로 기감을 퍼뜨려 근방에 사냥감으로 적당한 멧돼지 한 마리가 있음을 파악해 둔 레프였다.

"그건 또 언제 파악해 두셨수?"

"그거야 기본이지."

"알겠수."

대답을 마친 벤이 마차에서 나가자 레프는 창문을 열고 고개를 내밀며 크게 소리쳤다.

"선두 이동 중지! 오늘은 여기서 노숙한다!"

"선두 정지!"

"정지!"

레프의 음성을 들은 상행의 선두에서 복명복창하며 이동

을 멈췄다. 그러자 앞쪽 마차에 타고 있던 다이룬 행수가 내리더니 의아한 얼굴로 따지듯 물었다.

"도련님, 아직 날이 저물려면 한참 남았는데 벌써 야영이라뇨?"

"어차피 하루 정도 일찍 쉰다고 상행 일정에 차질이 생기는 건 아니잖아."

"그거야 그렇지만……."

"그리고 원래 이렇게 한 번씩 쉬어줘야 사기도 오르고 속도도 더 오르고 그런 거야."

"도련님, 그래도 이건……."

"이 정도는 크게 중요한 문제가 아니니 내 말에 따라줘."

"알겠습니다."

"자, 그럼 어서 야영 준비를 서두르라고."

"알겠습니다."

레프가 더 이상 반박하지 못하도록 못을 박자 다이룬 행수 역시 크게 중요한 문제는 아니었기에 더 이상 아무런 반박도 하지 않고 일꾼들을 지휘해 야영 준비를 시작했다.

그러는 동안 멀리서 벤이 커다란 멧돼지를 땅에 질질 끌며 임시로 설치한 야영장에 도착했고, 이어 능숙한 손놀림으로 가죽과 내장을 제거하는 등 손질을 시작했다.

얼마 지나지 않아 가죽이 벗겨진 멧돼지가 기다란 나무 꼬

챙이 꿰어져서 바비큐로 요리되기 시작하자 고기 익어가는 맛있는 냄새가 야영장으로 퍼져 나갔다.

이윽고 바비큐가 익자 벤이 준비해 둔 술을 모두에게 나눠 주며 크게 소리쳤다.

"3일 동안 지루함을 참느라 수고 많았다. 오늘 하루는 실컷 먹고 푹 쉬도록. 그리고 술은 알아서 적당히만 마셔라. 어차 피 취할 정도의 양도 없으니 상관없겠지만 말이야. 어쨌든 오 늘은 푹 쉬고 내일부터는 더욱더 수고해 주기 바란다. 이상!"

"와아!"

"도련님, 만세!"

"만세!"

"와아! 만세!"

간단하게나마 파티의 시작을 알리는 레프의 연설에 일꾼 들과 용병들은 크게 환호하며 연신 만세를 외쳐 댔다.

레프가 상업도시 바레인을 떠나 첫 상행을 출발한 지도 어 느새 일주일째가 되었고, 이제 이번 상행 최고의 위험 지역인 바리타스 산맥으로 들어서는 중이었다.

상행 3일째 되던 날, 레프가 벌인 깜짝 이벤트로 인해 사기 가 높아졌음인지 그 다음날부터 이동 속도가 더욱 빨라지더 니 급기야 예정보다 하루 빨리 진입하게 된 것이다.

바리타스 산맥으로 들어서자 그동안 여유를 보이던 용병들과 호위단원들의 얼굴에 긴장감이 감돌기 시작했고, 일꾼들의 얼굴에서는 겁을 먹은 기색이 살짝 엿보이기 시작했다.

아무리 용병들과 호위단이 지켜준다지만 일단 몬스터의 습격을 받게 되면 누가 되었든 희생자가 생겨날 것은 분명한 사실이었다. 그렇기에 모두들 그 희생자가 자신이 아니기를 바라는 듯한 얼굴이었다.

상황이 이러다 보니 주위를 철저하게 경계하며 이동해야 했기에 상행의 이동 속도는 지금까지와는 달리 무척이나 더딜 수밖에 없었다.

그런 와중에도 레프와 벤은 조금도 긴장하지 않고 있었다. 아니, 오히려 무엇이 그리도 즐거운지 콧노래까지 흥얼거리고 있었다.

바로 그때 레프가 흥얼거리던 것을 멈추며 벤을 향해 입을 열었다.

"벤, 한 1킬로미터 전방에 몬스터가 있는 듯한데……."

"얼마나 되는데 그러우?"

레프가 말끝을 흐리자 벤이 살짝 호기심이 동한 얼굴로 물었다.

"수는 셋인데 아무래도 대형 같네? 어라? 이쪽으로 이동하나 보네. 아무래도 냄새를 맡았나 본데 네가 수고 좀 해야겠다."

"대장은 이런 일은 꼭 나만 시키고 그러우?"

"억울하면 네가 대장하든지."

"쳇!"

"어서 가봐라."

"알았수."

대답을 마친 벤은 곧바로 마차에서 내린 뒤 상행에서 이탈해 숲으로 들어가자 그것을 발견한 호위단 복장을 한 사내 하나가 황급히 경고했다.

"대열에서 이탈하면 위험합니다."

"너무 급해서 그러우."

"그럼 너무 멀리 가지는 마십시오."

"알았수."

대충 변명을 둘러댄 벤은 상행에서 이탈해 레프가 말한 곳을 향해 전속으로 달리기 시작했는데 그 모습이 너무도 빨라 분간이 가지 않을 정도였다.

순식간에 레프가 말해준 지점에 도착한 벤은 이내 3미터 정도의 거대한 덩치를 가진 트롤 세 마리를 발견할 수 있었다. 물론 트롤들 역시 갑자기 나타난 인간을 발견했음은 말할 것도 없고 말이다.

크으윽! 크아악!

크르륵! 크엑!

이윽고 트롤들이 커다란 괴성을 토해내며 달려들고 있음에도 벤은 여유롭게 조금씩 뒤로 물러나며 트롤들을 유인해냈다.

그렇게 얼마간 트롤들을 유인한 벤은 상행의 코스에서 어느 정도 멀어졌다 생각이 들자 더 이상 물러나지 않고 검을 뽑아 들었다.

차아앙!

그 모습에 트롤들은 사냥감이 더 이상 도망가지 못하게 하려는지 마치 포위라도 하듯 넓게 퍼진 채 사냥감을 마무리하기 위해 흉성을 토해내며 벤을 향해 달려들었다. 그리고 동시에 세 개의 검광이 번뜩였다.

크르르륵! 크헤헥!

크아아아! 크르륵!

슈우욱! 스걱서걱!

바로 그 순간 세 개의 검광이 번뜩였고, 그와 동시에 벤에게 달려들던 트롤들의 머리 세 개가 공중으로 떠오르는 것이 아닌가.

그것으로 숲의 학살자인 트롤 세 마리는 찰나의 순간 자신이 죽는 것조차 느끼지 못한 채 생을 마감해야 했다.

"아우, 아까워라."

급하게 오느라 아무런 준비가 되어 있지 않았던 벤은 트롤의 목에서 솟구치는 세 개의 피분수를 바라보며 무척이나 아쉬운 듯 입맛을 다셨다.

이어 벤은 다시 숲 사이를 달려 자신이 이탈했던 부근으로 가 상행에 합류하자 처음 경고를 하던 호위단원이 얼굴을 살짝 찌푸리며 말했다.

"왜 이리 늦었습니까?"

"미안하게 됐수."

"그렇잖아도 멀리서 몬스터 괴성 소리가 들려와 조금 걱정했습니다."

"아, 그게… 일을 치르는데 갑자기 트롤 세 마리가 달려드는 거 아니겠수? 그래서 그놈들을 처리하느라 좀 늦었수."

절반쯤 진실이 섞인 벤의 대답에 호위단원은 마치 걱정해 준 자신을 놀린다고 생각했는지 살짝 불쾌한 표정마저 지었다.

그 모습에 벤은 짐짓 억울하다는 표정으로 중얼거렸다.

"정말인데……."

그렇게 벤은 트롤들을 처리한 뒤에도 레프의 지시에 따라 계속해서 오우거와 같은 대형 몬스터를 처리하기도 하고 수백 마리의 소형 몬스터를 멀리 유인하기도 했다. 물론 그때마다 상행을 이탈하는 자신을 발견하는 호위단원이나 용병에게 어느 정도의 진실을 섞어 말해주는 것도 잊지 않았다.

어쨌든 그런 레프와 벤의 노력으로 인해 자연히 상행에는 단 한 차례의 습격도 받지 않았지만 간혹 멀리서 들려오는 몬스터들의 괴성들로 인해 모두들 여전히 잔뜩 긴장해 있었다.

어느새 상행을 출발한 지 열흘이나 지났고, 바리타스 산맥으로 들어선 지도 나흘째 밤으로 접어들고 있었다.

그럼에도 그동안 단 한 차례도 몬스터의 습격이 없자 아무것도 모르는 호위단과 용병들을 비롯한 일꾼들은 그저 운이 좋았다고만 생각하며 내심 안도할 뿐이었다.

그래도 이제는 바리타스 산맥의 거의 끝자락에 도달해 이전과 비교해서 위험이 현저하게 줄었고, 이 밤만 무사히 지난다면 내일은 산맥에서 벗어날 수 있다는 생각에 긴장을 풀지는 않았지만 조금씩 마음의 여유를 찾아가고 있었다.

특히 레프의 지시로 몬스터를 처리할 때마다 적당히 진실을 섞어 말해왔던 것이 어느새 소문이 나 용병들 사이에서 '허풍쟁이 벤'으로 통하면서 벤은 식사 시간만 되면 모두에게 웃음을 주는 분위기 메이커 역할을 톡톡히 하고 있었다.

"어이, 벤! 오늘은 또 어떤 몬스터를 사냥했나?"

"오늘 말이우? 그러니까 어디 보자……."

저녁 식사를 하던 벤은 맞은편에 앉아서 식사를 하던 거대한 대머리사내의 물음에 내심 오늘 하루 동안 레프의 지시로 처리한 몬스터들의 수를 헤아리기 시작했다.

"트롤이 다섯 마리고 오우거를 세 마리 처리했수. 오크 같은 잡스런 놈들이야 세는 것을 포기했고 말이우."

"하하하, 오늘도 많이 처리했군."

"하하하, 오늘도 수고했네."

벤의 말에 대머리사내가 호탕하게 웃으며 대답하자 그 옆에서 식사를 하던 쥐눈사내 역시 크게 웃어젖히며 말했다.

"하긴 내가 생각해도 오늘 특히 수고를 많이 하긴 했수."

"자네 참 재미있는 친구군."

"내가 원래 재미있다는 소릴 좀 많이 듣긴 하우. 우리 대장은 인정 안 하지만 말이우."

"그렇다면 자네 대장이란 사람이 좀 유별난 것일세."

"나두 그렇게 생각하우."

"그나저나 이번 상행은 이상히게 몬스터 구경을 못해보네. 멀리서 몬스터 괴성이 들려오는 걸 보면 몬스터가 전부 없어진 것도 아닌데 말이야. 하여간 내 여태까지 의뢰를 수행하면서 이렇게 운이 좋은 경우는 처음이었다네."

"아우, 그게 내가 미리 다 잡아서 그런 거라니까 그러우."

"아, 그랬지. 깜빡했네. 하하하하!"

그렇게 간혹 웃음소리가 들려오는 저녁 식사를 마치고 번을 서는 용병들을 제외한 나머지 사람들이 그날의 피로를 풀기 위해 하나둘 잠에 빠져들면서 바리타스 산맥에서의 마지막 밤이 지나갔다.

다음날 아침, 또 하룻밤이 무사히 지나가고 모두들 출발 준비를 서둘렀다. 더구나 이제 곧 바리타스 산맥을 벗어난다는 생각 때문인지 다른 날에 비해 모두들 활기가 넘쳤고, 그만큼 출발 준비 역시 빠르게 마칠 수 있었다.

이윽고 간단한 아침을 먹은 후 출발한 상행은 해가 머리 꼭대기에 떠 있을 무렵이 되었을 때 바리타스 산맥에서 완전히 벗어나 아이안 왕국의 국경 요새 검문소에 도착할 수 있었다

"어디서 오는 길이오?"

"라오스 왕국의 디체이스 상단입니다."

검문소의 수비병사가 상행을 멈춰 세우며 묻자 미리 마차에서 내려서 있던 다이룬 행수가 대답했다.

"디체이스 상단이라면 바리타스 산맥을 통과했을 텐데 아무런 피해도 없었나 봅니다?"

"예, 다행히 운이 좋아 몬스터와 마주치지 않고 왔죠."

"이상하다. 어제저녁에 도착한 샤이나 상단은 수백이나 되는 오크 떼를 만나 엄청난 피해를 입었다고 하던데. 역시 거대 상단이라 다르긴 다르군."

수비대 병사가 의아한 듯 말하자 상행의 용병들과 호위단

을 비롯한 일꾼들은 자신들이 운이 좋았음을 새삼 깨달으며 가슴 한편을 쓸어내렸다. 다만 단 한 사람, 벤만큼은 양심이 살짝 찔리는 것을 느끼며 진심으로 죽어간 이들의 명복을 빌어주었다.

어쨌든 형식적인 검문이 금세 끝나고 레프의 상행은 아이안 왕국의 국경 요새를 통과해 상행의 최종 목적지인 국경도시 비즈를 향해 길을 재촉했다.

상행을 시작한 지 정확히 12일째가 되어 레프는 최종 목적지인 비즈에 들어설 수 있었다.

비즈는 아이안 왕국의 삼대도시 중 하나로 라오스 왕국의 상업도시 바레인에 비교될 정도로 상당한 발전을 이룬 도시였다. 그만큼 도시의 규모도 컸다.

레프의 상행은 사흘간 비즈에 머무르면서 그동안의 여독을 푸는 한편, 돌아갈 준비를 했다.

비즈로 오는 동안 패해가 전무했기에 용병들을 충원할 필요도 없었고 딱히 준비할 것도 그리 많지 않았다. 그렇기에 주로 그간의 피로를 풀고 체력을 충전하는 것에 주력할 뿐이었다.

그렇게 사흘이 지나고 레프의 상행은 다시 바레인을 향해 출발했다. 그리고 이내 바리타스 산맥으로 들어서자 용병들과 호위단원들을 비롯한 일꾼들은 다시금 잔뜩 긴장할 수밖에 없었다.

그것도 그럴 것이 국경 요새 검문소에서 수비대 병사가 했던 말에 이어 오는 중에도 또다시 바리타스 산맥에 몬스터의 출몰이 잦아졌다는 소식을 들었기 때문이었다.

그러다 보니 용병들과 호위단원들은 이전보다 더욱더 주위를 경계했고, 자연히 상행의 이동 속도는 무척이나 더뎌졌다.

다행이라면 벤이 용병들과 호위단원들 사이에서 여전히 분위기 메이커 역할을 했기에 분위기마저 무겁지는 않았다.

거기다 다시금 시작된 레프와 벤의 활약으로 비즈로 갈 때와 마찬가지로 또다시 이틀째 몬스터를 만나지 않았고, 여전히 몬스터를 처리하고 난 뒤 진실을 적당히 섞어 말하는 벤으로 인해 용병들과 호위단은 마치 벤의 행운이 몬스터를 쫓아낸다고 생각하기 시작한 것이다.

그러한 영향으로 어느새 상행의 분위기는 상당히 가벼워졌고 이동 속도 역시 서서히 빨라져 갔다. 그러다 보니 돌아올 때는 바리타스 산맥을 무려 사흘 만에 통과했고, 바레인에 도착하는 시간도 비즈로 향할 때에 비해 이틀이나 단축되는 엄청난 기록을 세우게 되었다.

한편 그러한 사정을 전혀 모르고 있던 디체이스 자작은 자신의 집무실에서 업무를 보다 레프의 상행이 돌아왔다는 행수의 보고를 받고 깜짝 놀랄 수밖에 없었다.

예정대로라면 최소한 일주일은 더 지난 후에 도착해야 하는데 벌써 돌아왔다고 하니 아무래도 무언가 사고가 터져 상행을 포기하고 돌아왔다고 짐작할 수밖에 없었다.

"아니, 벌써 돌아왔다고?"

"그렇습니다, 자작님."

디체이스 자작은 자신의 장남인 레프에게 처음으로 맡겨진 중책이라 특히나 신경을 써주었는데도 상행이 실패했다는 생각에 내심 크게 실망할 수밖에 없었다.

"도대체 어떻게 된 일인가? 무슨 문제로 상행을 포기하고 돌아온 건지 파악은 했나?"

"아니, 자작님, 그게……."

"아직도 그걸 파악 못했단 말인가?"

"자작님, 그게 아니라 상행을 무사히 마치고 돌아온 겁니다."

행수의 보고를 끝까지 듣지도 않고 버럭 호통을 쳤던 디체이스 자작은 다시 이어진 행수의 보고에 도무지 어떻게 된 영문인지 전혀 이해가 되지 않았다.

"뭐라? 상행을 무사히 마쳐?"

"그렇습니다."

"확실한 건가?"

"이미 확인까지 끝냈습니다."

"도대체 어떻게······."

"그게 저도 아직 자세한 보고를 듣지 못해서 확실한 건 알 수가 없습니다."

"레프는 어디 있는가?"

"지금 다이룬 행수와 함께 오고 있다고 했으니 곧 자세한 보고를 들으실 수 있을 것입니다."

"알았네."

그렇게 잠시의 시간이 지나자 노크 소리가 들려왔고, 이내 집무실 문이 조용히 열렸다. 이어 집무실로 들어선 다이룬 행수가 디체이스 자작에게 공손하게 인사를 했다.

"자작님을 뵙습니다."

"한데 레프는 어딜 가고 왜 혼자인가?"

"그게··· 같이 오시다 레이첼 아가씨께 붙잡히는 바람에······."

"허, 알았네. 한데 상행을 무사히 마치고 돌아왔다고."

"네, 그렇습니다."

"예정대로라면 최소 일주일은 더 지나야 도착할 수 있을 텐데 도대체 어떻게 된 일인지 설명해 보도록."

"그게 그저 운이 좋다고밖에 설명할 길이 없습니다."

"도대체 그게 무슨 말인지 자세히 말해보란 말이야."

"그러니까 상행의 기간이 대폭 줄어든 이유는 바리타스 산맥에서 몬스터의 습격을 받지 않았기 때문입니다."

"몬스터의 습격을 단 한 번도 받지 않았단 말인가?"

"그렇습니다."

"혹시 아이안 왕국에서 바리타스 산맥의 몬스터를 대대적으로 토벌하기라도 한 것인가?"

"그렇진 않습니다. 더구나 다른 상단 중에는 오히려 막대한 피해를 입은 상단도 있었습니다. 그러한 것을 보면 아무래도 그저 운이 그렇게밖에 설명할 길이 없습니다."

"후우, 어쨌든 이렇게 상행을 무사히 마쳤다니 잘되었군. 그건 그렇고, 자네가 보기에 레프는 어떻던가?"

"상재에 대해서는 이렇다 하게 확인할 만한 사항이 없어 모르겠습니다만 의외로 부하들을 다루는 능력이 뛰어났습니다. 사실 이번 상행이 예정보다 많이 단축된 것이 바리타스 산맥에서 몬스터를 만나지 않았던 점이 크긴 합니다만 그 외에도 도련님이 부하들을 잘 다독여서 이틀의 기간을 단축했습니다."

디체이스 자작은 다이룬 행수의 보고가 무척이나 만족스러웠는지 얼굴에 절로 미소를 떠올렸다.

"호오, 그런 사실이 있었나?"

"그렇습니다."

"알겠네. 그리고 수고 많았네."

"감사합니다."

다이룬 행수를 돌려보낸 디체이스 자작은 이번 상행에 레프를 보냈던 것에 무척이나 만족하면서 다시 레프의 두 번째 상행으로 적당한 일을 물색하기 시작했다.

그러는 사이 레이첼에게 잡혀 선물을 주고서야 간신히 빠져나올 수 있었던 레프가 디체이스 자작의 집무실에 도착했다.

"아버지, 다녀왔습니다."

"그래, 다이룬 행수에게 보고는 이미 받았다. 수고 많았다."

"고맙습니다."

"일단 다음 상행이 결정되기 전까지는 푹 쉬도록 해라. 오늘도 피곤할 텐데 그만 가서 쉬고."

"네, 그럴게요."

MELOSTER

제 3 장 호위단장 로이튼

　아이안 왕국에 위치한 비즈까지의 상행을 무려 17일 만에 마치고 돌아오는 디체이스 상단 역사상 최고의 기록을 세운 레프의 상행 소식은 순식간에 디체이스 자작가 전체로 퍼져 나갔다. 더구나 피해 사항조차도 전무하다는 기록까지 새웠기에 모두들 레프의 다음 상행에 참가하고 싶어 했다.

　그러한 현상이 가장 심한 곳은 바로 호위단이었는데, 그 이유는 다름 아닌 이번 비즈로의 상행에서 용병들과 호위단원들 사이에 거의 행운의 마스코트가 되어버린 '허풍쟁이 벤' 때문이었다.

호위단원들은 스스로 벤의 행운이 몬스터들을 쫓아낸다는 징크스를 만들어내곤 벤이 참가하는 상행, 즉 레프의 상행에 참가하길 원했다. 또한 이번 상행에서 레프의 이벤트 파티 얘기를 전해 들은 일꾼들은 그들 나름대로 레프의 상행에 참가하길 원했다.

그렇게 레프는 단 한 번의 상행으로 디체이스 상단 최고의 인기인이 되어버렸고, 뒤를 이어 디체이스 자작이 레프의 두 번째 상행을 결정하자 지원자가 속출하기 시작했다.

레프의 두 번째 상행은 이전 아이안 왕국 비즈로의 상행보다 규모가 더욱 컸다.

이번 상행 역시 아이안 왕국으로 가는 것이었는데 다만 목적지가 비즈가 아닌 왕국의 수도인 아이론까지의 상행이었다.

거리로만 따져도 비즈까지의 상행보다 시간이 두 배는 더 걸리는 곳이었고, 가져가야 할 품목 또한 이전과 비교해 몇 배나 많은 양이었다. 당연히 이전 상행보다 인원도 더욱 많아질 수밖에 없었다.

디체이스 자작은 이번 상행 역시 다이룬 행수를 같이 보내기로 했고, 호위단원도 이전의 두 배인 열 명을 배정해 주었다.

특이한 점은 이전 상행에 참가했던 호위단원들이 전원 이번 상행에 지원을 해 참가하게 되었다는 점이다.

그러한 현상은 비단 호위단원뿐만이 아니었다. 일꾼들 역시 많은 수가 이번 상단에도 참여했고, 하다못해 용병들 또한 레프의 상행이 결정되자 지난 상행의 용병 대부분이 다시 재고용되는 등의 이변이 속출하면서 두 번째 상행의 준비는 무척이나 순조롭게 진행되어 갔다.

드디어 레프의 두 번째 상행이 출발하는 날이 되었고, 레프는 이번 역시 선물을 잊지 말라는 레이첼의 귀여운 부탁을 비롯해 부모님와 제라드에게 간단한 인사를 하고 출발했다.

두 번째 상행이라고 해봐야 비록 최종 목적지는 다르다 하더라도 이전과 마찬가지로 비즈까지의 경로는 그대로 답습하는 것이나 다름없었다. 다만 물품의 종류와 양이 많고 인원도 배로 늘어나다 보니 이동 속도가 이전과 비교해서 더뎌질 수밖에 없는 건 너무나도 당연한 일일 수밖에 없었다.

그러다 보니 지루하다 못해 따분하게까지 느껴지는 평원과 숲을 거치는 기간도 이전보다 더 많은 날이 걸릴 수밖에 없있고, 가장 위험 지역인 비리타스 산맥으로 들어선 것이 상행을 시작하고 10여 일이 지났을 때였다.

아무래도 호위단과 용병들의 수가 두 배로 늘었기에 모두들 이전에 비해 긴장하는 정도가 확실히 덜했다. 그러자 오히려 바리타스 산맥을 통과하는 것은 많은 인원에도 불구하고 이전과 그리 차이가 없었다.

물론 그러한 결과가 나올 수 있었던 가장 큰 원인은 레프와 벤의 숨의 노력이 있었기에 가능했지만 말이다.

아무튼 이번 상행 역시 바리타스 산맥에서 몬스터를 만나지 못하고 무사히 아이안 왕국으로 진입하게 되었고, 그때부터 왕국의 수도인 아이론까지의 상행은 무척이나 지루한 하루의 반복일 수밖에 없었다.

그렇게 레프는 이번 아이론까지의 상행 역시 많은 시간을 단축해 내면서 디체이스 자작을 기쁘게 만들었다. 다만 첫 번째 상행과 다른 점이 있다면 이번 상행에서는 레프보다 벤의 유명세가 더욱 높아졌다는 점이다.

그것도 그럴 것이, 이번 상행으로 인해 벤을 행운의 마스코트로 여긴 이들의 믿음이 더욱더 커지게 되었고, 심지어 용병들 사이에서는 벤이 친 허풍이 사실은 허풍이 아닌 진짜라는 낭설 아닌 낭설까지 퍼지기 시작했다. 물론 대부분의 용병들은 그러한 낭설을 믿지 않았고, 다만 벤의 행운이 강하다고 생각할 뿐이었다.

어쨌든 두 번째 상행까지 무사히 마치고 돌아온 레프는 다음 상행이 결정되기 전까지 한동안 빈둥대며 가끔 레이첼과 함께 제라드의 검술 훈련을 구경 가기도 했다. 그럴 때면 호위단원들은 레프와 벤을 반겼고, 그때마다 벤은 허풍 아닌 허풍을 치곤 했다.

　오늘 역시 레이첼의 부탁으로 연무장에 온 레프와 벤은 반겨주는 호위단원들과 간단히 인사를 나누고 제라드의 검술 훈련을 지켜보고 있었다.

　조용히 한참을 지켜보고 있을 때 문득 레이첼이 벤을 향해 눈을 반짝이며 조그만 입을 재잘대기 시작했다.

　"벤이 소문처럼 정말 무시무시한 몬스터들을 때려잡고 그랬어?"

　"정말이고말고유."

　"그럼 벤도 검술을 할 줄 아는 거야?"

　"그거야 당연한 겁지유."

　"그럼 커다란 몬스터도 막 베고 그런 거야?"

　"웬만한 몬스터는 한칼이면 다 되지유."

　무엇이 그리도 궁금한지 레이첼은 한없이 질문을 쏟아냈고, 벤은 마치 허풍이라도 치는 듯한 모습으로 대답했다.

　"그러면 우리 제라드 오라버니한테도 벤이 검술을 가르쳐주면 안 돼?"

　"제가유?"

　"응."

　"그게……."

　난데없는 레이첼의 부탁에 벤은 순간 난처해질 수밖에 없

었다. 하지만 그것보다 더 큰 문제는 제라드에게 검술을 지도
하던 로이튼이 그 말을 듣고 자존심이 상했는지 퉁명스런 음
성을 토해냈다.

"쳇! 대련도 겁이 나 피한 겁쟁이 주제에 허풍을 치기
는……."

벤을 도발하려는 의도가 다분히 섞여 있는 로이튼의 말이
었지만 벤의 성격에 그런 도발은 애초에 통할 수가 없었다.
하지만 그러한 사실을 알 리가 없는 로이튼은 계속해서 벤을
도발하기 시작했다.

"후후, 역시 겁쟁이였군."

로이튼의 도발이 계속 이어지자 검술을 지도받던 제라드
도 내심 불편해질 수밖에 없었다.

그러자 제라드는 로이튼이 바라는 대로 자신이 벤과 대련
을 한번 하는 것이 좋겠다는 생각에 레프에게 부탁했다.

"형님, 제가 벤과 대련을 한번 해보고 싶은데 안 될까요?"

"제라드, 지난번에도 말했듯이 난 동생을 위험하게 할 수
없어."

제라드의 부탁에도 레프에게서 똑같은 대답이 나오자 순
간 기분이 나빠진 로이튼이 살짝 흥분한 음성으로 말했다.

"쳇, 그 전장에서 실전으로 단련했다는 실력이 얼마나 대
단한지 이젠 꼭 보고 싶군요. 제라드 도련님은 위험해서 안

된다면 제가 상대가 되면 되겠군요."

로이튼이 이번에는 레프에게 도발하듯 말했다. 하지만 그
는 오히려 자신이 레프의 소리없는 도발에 걸렸음을 깨닫지
못하고 있었다. 물론 레프가 로이튼의 제안에 응하는 것은 당
연하고 말이다.

"그렇다면 허락하지."

로이튼이 바라는 대로 드디어 레프의 승낙이 떨어지자 오
히려 벤이 살짝 당황한 얼굴로 나직하게 물었다.

"대장, 나보고 어쩌라는 거유?"

"어쩌긴, 자꾸 개기니 한번 버릇을 고쳐봐야지. 그냥 머리
칼을 다 뽑아버려."

"머리칼 말이우?"

"그래. 그래서 땜빵 구멍 보며 대머리를 부러워하게 만들
어줘야지. 푸핫!"

레프는 자신이 말을 하고도 웃기는지 웃음을 터뜨리자 벤
은 자신의 대장에게 찍힌 로이튼이 조금 불쌍하기는 해도 대
장의 지시를 어겨 그 뒷감당을 자신이 감수할 수는 없기에 마
음을 단단히 먹으며 대답했다.

"쳇! 알았수."

한편 대련을 위해 창고에서 목검 두 개를 찾아와 하나를 벤
에게 건넨 로이튼은 많은 이들이 보는 앞에서 벤을 무참하게

망신 주고 무성한 소문이 모두 헛소문임을 까발리기 위해 호위단원들이 최대한 모이기를 기다렸다.

이윽고 연무장 중앙에 벤과 로이튼이 목검을 들고 마주한 채 서자 소식을 들은 호위단원들이 대련도 구경하고 벤을 둘러싼 소문의 진위도 파악하기 위해 둘을 둘러싸며 주면으로 모여들었다.

그렇게 어느 정도 만족할 만한 인원이 모이자 로이튼이 벤을 향해 나직한 굵은 음성으로 입을 열었다.

"이제 시작합시다. 선수는 양보할 테니 먼저 공격하시오."

"양보는 개뿔!"

스스스슷.

벤이 낮게 투덜거리며 달려들었고, 그때까지만 해도 로이튼은 내심 무척이나 여유로웠다. 하지만 벤이 마치 순간이동이라도 하듯 순식간에 거리를 좁혀오자 순간 무척이나 당황할 수밖에 없었다.

"타앗!"

슈슈슈슉!

그래도 익스퍼트 중급의 실력자답게 금방 평정을 되찾는 한편 커다란 기합을 내지르며 상대를 향해 강한 일검을 찔러넣었다.

하지만 로이튼의 목검은 무언가에 막혀 그대로 봉쇄되어

버렸고, 커다랗게 내지른 기합은 이내 머리 쪽에서 느껴지는
엄청나고 아련한 고통으로 인해 비명으로 바뀌어 버렸다.

"으아악!"

그야말로 눈 깜짝할 사이에 로이튼의 목검은 벤의 목검과
함께 그의 손에 잡혀 있었고, 비어 있는 다른 한 손엔 로이튼
의 머리끄덩이가 잡혀 있는 것이 아닌가.

그것으로 대련의 승부는 결정이 나버렸고, 로이튼은 머리
카락이 한 움큼 빠지는 고통을 겪었지만 그래도 그가 의도했
던 바를 반은 성공할 수 있었다.

그것은 다름 아닌 너무나도 어이없는 벤의 행태에 어느 정
도 기대를 하고 있던 호위단원들 역시 모두 헛소문이라고 치
부해 버린 것이다.

그렇게 로이튼과 벤의 대련이 끝나면서 벤에 대한 소문의
진위 여부는 쉽게 결론이 나 버렸다.

벤과의 대련에서 패한 로이튼은 아무리 생각해도 도무지
자신의 패배를 인정할 수가 없었다.

검술을 대결하는 신성한 대련에서 뒷골목 삼류 양아치나
쓸 법한 치사한 기술(?)을 사용했으니 그것은 이미 대련이 아
니라고 생각하고 싶었다.

하지만 이미 대련을 지켜보던 수많은 호위단원들은 그럼

에도 대련의 승자를 벤이라 생각하는 듯하자 자존심이 강한 로이튼으로서는 도저히 그것을 용납할 수가 없었고, 어떻게 든 명예 회복을 해야만 했다.

그러던 차에 오늘 또다시 레프와 벤이 레이첼에게 이끌려 제라드의 검술 훈련을 구경 오자 로이튼은 이번이야말로 자신의 명예 회복을 위한 기회라 생각했다.

"레프 도련님."

"이번엔 무슨 일이지?"

"다시 한 번 더 대련을 하고 싶습니다."

"그러든지."

레프가 의외로 쉽게 대련을 허락하자 로이튼은 내심 쾌재를 부르며 목검을 가져오기 위해 창고로 달려갔다.

잠시 후, 목검을 가져온 로이튼은 그중 하나를 벤에게 넘겼고, 다시금 연무장 중앙에 마주하고 선 채 호위단원들이 모이기를 기다렸다.

특히 이번 대련은 명예 회복을 위한 대련이었기에 최소한 이전에 있었던 단원들만큼은 모여야 한다고 생각했다.

하지만 그런 로이튼의 바람과는 달리 이미 벤에 대한 소문의 진위를 확인한 호위단원들에게 이제 둘의 대련은 관심 밖의 일이었다. 더구나 멋있는 검술을 사용한 대련도 아닌 뒷골목 양아치들의 기술이 난무하는 대련이었으니 더더욱 그럴 수밖에 없었다.

결국 몇몇 호위단원만이 지켜보는 가운데 로이튼이 벤을 향해 말했다. 하지만 이번에는 로이튼도 이전과 같이 먼저 공격하라는 등의 여유는 절대 부리지 않았다.

"시작합니다."

대련이 시작되자 로이튼은 이전의 경험을 토대로 상대에게 기회를 주지 않고 최대한 빠르게 대련을 마무리 짓기 위해 자신이 선제공격을 하리라 마음먹었다. 그리고 계획대로 대련 시작을 알리자마자 곧바로 벤을 향해 달려들며 목검을 휘둘렀다.

"이얍!"

쑤아아앙!

하지만 로이튼이 세웠던 계획과는 달리 상황은 이미 한 번 경험해 보았던 그대로 흘러갔다.

"으아악!"

어느새 로이튼의 목검은 또다시 벤의 목검과 함께 그의 손에 잡혀 있었고, 비어 있는 다른 한 손엔 이전과 마찬가지로 로이튼의 머리끄덩이가 잡혀 있었던 것이다.

로이튼은 생머리카락이 뭉텅이로 뽑혀져 나가는 고통에 비명을 지르면서도 도무지 지금의 상황이 이해가 가지 않았다. 아니, 여전히 대련의 결과에 승복할 수가 없었다.

그렇기에 머리가 찌르르 울리는 고통을 애써 참아가며 벤을 향해 최대한 당당한 음성으로 외치듯 말했다.

"난 이 대련의 승패를 인정할 수 없소!"

"그럼 그러시우. 어차피 머리카락이 뽑힌 것도 그쪽이고 나야 손해본 것도 없으니 말이우."

하지만 벤은 오히려 상관없다는 듯 말했고, 오히려 로이튼은 그것이 더욱 기분을 상했다.

그렇게 벤과의 대련 2차전이 끝났지만 로이튼은 여전히 자신의 패배를 인정할 수 없었다. 하지만 그렇다고 무턱대고 다시 대련을 벌이는 것은 미련한 짓이란 것을 깨달았다. 또한 벤이 어느 정도의 실력은 가지고 있음을 인정해야 했다. 그래야만 상대의 수준에 맞는 필승의 방법을 찾을 수 있는 것이니 말이다.

로이튼은 일단 두 번에 걸친 벤과의 대련을 통해 자신이 승리할 수 있는 방법을 찾기 시작했다. 문제는 두 번의 대련 모두 자신의 공격은 막히고 반면 상대의 공격을 막지 못했다는 점이다. 바꿔 말하면 상대의 공격을 막아내고 자신의 공격을 성공시키면 자신의 승리라는 말과 다름없었다.

여기까지 생각하자 일단 상대의 손을 막는 것은 그리 어렵지 않을 듯싶었다. 어차피 두 번의 대련 모두 자신의 머리채를 잡았으니 다시 대련을 해도 그 목표는 변함이 없을 것이 분명했다. 그렇다면 자신의 검이 막히지 않을 방법만 찾으면 되었다.

가만히 고민하던 로이튼은 그 방법을 자신의 검술에서 찾을 수 있었다. 바로 미끼가 되는 허초로 유인하고 진짜 공격을 가하는 것이었다.

그것으로 로이튼은 나름대로의 필승 방법을 찾아냈고, 이제 레프와 벤이 다시 나타나기만을 기원했다. 그런 로이튼의 기원이 하늘에 닿았을까. 바로 다음날 레프와 벤이 레이첼의 손에 이끌려 연무장에 나타났다.

로이튼은 곧바로 레프에게로 가 대련을 신청했고, 그것으로 벤과의 대련 3차전이 또다시 시작되었다.

대련이 시작되자 로이튼은 그동안 연구한 방법으로 오늘은 확실히 이기리라 다짐했다. 하나 그것은 어디까지나 로이튼의 바람일 뿐, 현실은 언제나와 조금도 다르지 않았다.

로이튼은 이번 대련의 결과 역시 인정할 수는 없었지만 패배는 받아들였다. 그리고 다시 이길 수 있는 방법을 찾기 시작했다.

"젠장, 그나마 머리만 잡히지 않으면 최소한 지지는 않을 텐데. 아, 그래."

답답한 마음에 저도 모르게 한탄하던 로이튼은 문득 떠오른 생각에 눈을 빛내며 레프와 벤이 어서 다시 오길 기다렸다.

그의 바람대로 며칠이 지나 레프와 벤이 다시 연무장에 나타났고, 로이튼은 어김없이 대련을 신청했다.

그런 그의 모습에 레프와 벤은 한순간 할 말을 잃어버릴 수밖에 없었다.

그것도 그럴 것이, 머리카락이 있어야 할 곳이 반질반질 빛이 나고 있었던 것이다. 그리고 이것이야말로 로이튼이 문득 생각해 낸 최소한 지지는 않을 수 있는 히든 카드였던 것이다.

어쨌든 로이튼과 벤의 4차 대련은 그대로 진행되었고, 로이튼은 다시 한 번 좌절을 겪어야만 했다. 더구나 최소한 지지는 않을 히든카드라 생각했던 방법이 전혀 소용이 없었던 것이다.

결국 4차 대련의 결과 역시 이전과 그리 다르지 않았다. 다만 다른 것이 있다면 항상 머리채를 잡히다가 잡힐 머리카락이 없자 이번에는 손가락으로 두 눈을 찌르는 또 다른 비겁한 기술(?)을 선보였던 것이다.

로이튼은 이번 역시 패배를 인정할 수 없었다. 더구나 상대는 처음부터 지금까지 계속해서 비겁한 기술(?)만을 사용해오지 않았는가. 게다가 애써 길렀던 머리까지 밀었는데 같은 결과가 나오자 내심 분하지 않을 수 없었다.

"그런 치사한 방법 말고 정당한 방법으론 날 이길 자신은 없는 것이오?"

로이튼이 벤을 향해 분기가 가득한 음성으로 물었다. 하지만 이어진 대답은 벤이 아닌 레프에게서였다.

"허, 기가 막히네. 도대체 뭐가 치사하다는 거지?"

"그럼 머리를 잡고 눈을 찌르는 것이 정당한 방법이란 말입니까?"

"내가 그러지 않았던가? 용병은 대련 따위는 하지 않는다고. 전장에서는 오로지 살아남은 자만이 정당한 거야."

"그건 억지입니다. 여긴 전장이 아니지 않습니까?"

"억지라……. 그럼 만약 내가 독을 써서 대련에 승리했다면 그것도 비겁한 방법인가?"

"대련에서 독을 쓰는 것은 명백한 비겁한 짓입니다."

"그럼 하나만 묻지. 만약 네가 검을 배우지 않고 독술만 배웠다고 가정하고 내가 너에게 대련을 하자고 강요했어. 그렇다면 넌 독을 쓰지 않을 것인가?"

"그, 그건……."

로이튼이 대답할 말을 찾지 못하자 레프가 다시 말을 이어 나갔다.

"도대체 네가 생각하는 비겁과 정당의 기준이 뭐지? 독만 배운 사람이 독을 쓰는 거나 어쎄신이 기습하는 것이 비겁한 짓이라고? 그럼 네 기준으로는 이 세상에 검이 아닌 다른 것을 익힌 사람은 모두 비겁한 사람이겠군."

"……."

"이 세상에서 노력이란 대가를 지불하고 얻은 능력이라면 그것이 검술이 되었든, 독술이 되었든, 마법이 되었든 모두 정당한 능력일 뿐이야. 그렇게 비겁한 방법이라고 따지려거든 애초부터 기사들이나 다른 호위단원들과 대련을 했어야지. 내 말이 틀렸나?"

"……."

"그리고 이건 너무 한심해서 말해주는 건데, 그저 머리를 잡혔다는 것에 흥분해서 본질을 잊고 있더군. 비겁한 방법이라 패배를 인정 못한다고 했던가? 만약 네 머리채를 잡았던 저 녀석의 손에 건틀릿이라도 하나 끼워져 있었다면 어땠을까? 아마 그랬다면 머리채를 잡히는 게 아니라 머리통이 박살났겠지. 만약 검이 쥐어져 있었다면 또 어땠을까? 그래도 비겁한 방법이라는 말이 나왔을까? 혹시 조건이 바뀌었다고 결과가 달라질 거란 생각은 하지도 마. 맨손으로도 머리채를 잡았는데 그보다 더 긴 무기가 쥐어져 있는데 과연 그 공격이 실패할 거라 생각해? 하여간 단순하기는. 쯔쯔."

한참 동안이나 계속된 신랄한 독설에 로이튼이 아무런 대꾸도 못하자 레프는 혀를 차며 벤과 레이첼을 향해 소리쳤다.

"벤, 레이첼, 그만 가자!"

레프에게 신랄한 독설을 듣고 난 뒤 로이튼은 한참 동안이나 생각에 잠길 수밖에 없었다.

특히 마지막에 들었던 말과 함께 그동안의 대련을 떠올리자 벤의 진정한 실력이 최소 자신보다 두 단계는 높다는 사실을 알 수 있었다. 아니, 어쩌면 그 이상일 수도 있었다.

다시 말하면 최소 익스퍼트 최상급 이상이고 어쩌면 마스터일 수도 있다는 말과 다름없었다.

로이튼은 생각하는 것만으로도 심장이 거세게 두근거렸다. 더구나 그런 벤을 수하로 둔 레프는 도대체 어느 정도일까 생각을 거듭하면 할수록 두근거리는 심장을 주체할 수 없었다.

그러면서도 한편으론 그러한 실력자에게 비겁하니 어쩌니 따져가면서 겁없이 덤벼들었던 자신이 얼마나 한심하고 어리석었는지 깨닫고는 무척이나 후회가 되었다.

하지만 로이튼의 후회가 깊어지면 깊어질수록 검술에 대한 열망은 더욱더 커져만 갔다.

무엇보다 상대의 실력이 아무리 뛰어나다고 해도 이제 더이상 그와 같이 무기력하게 지고 싶지는 않았다. 그래도 그동안은 비겁한 방법에 졌다는 생각에 그나마 위안이 되었지만 그것이 비겁한 방법이 아님을 깨달은 지금에 와서는 위안거리조차도 없었다.

몇날 며칠을 고민하던 로이튼은 이내 무언가 결심을 했는지 자리를 박차고 일어나 곧바로 자신의 방을 나섰다.

이윽고 로이튼은 레프의 방 앞에 도착했지만 방문을 두드릴 용기가 생기지 않아 망설일 수밖에 없었다.

한편 레프는 두 번째 상행을 마친 지 벌써 한 달이 다 되어가도록 아직 세 번째 상행을 결정되지 않아 다시 빈둥대고 있는 상황이었다.

어떻게 보면 지금의 상황이 레프가 원하던 평온한 일상이 다시 찾아온 것이라 할 수 있었지만 언제까지 이어질지 모르는 일시적인 상황이어서인지 오히려 더욱 답답하게 느껴졌다.

그동안은 로이튼이란 건방진 인물을 골려주는 재미로 그나마 따분하지는 않았는데 쉽게 포기하지 않는 오기와 집념이 조금 마음에 들어 한마디 해주었더니 무언가 깨달음을 얻은 건지 아니면 실력의 차이를 깨닫고 포기한 건지 이제는 도통 반응이 없었다.

"아, 심심한데 우리 막내에게나 가볼까?"

결국 레프는 레이첼을 찾기로 결정하곤 곧바로 방을 나서기 위해 방문을 열자 문 앞에서 서성이고 있는 로이튼의 모습을 발견할 수 있었다.

"어?"

"……."

반면 방문을 두드릴 용기가 생기지 않아 방 앞에서 서성이던 로이튼은 갑자기 방문이 열리며 레프가 나오자 순간 당황해 아무 말도 할 수가 없었다.

잠시의 침묵이 이어지고 먼저 입을 연 것은 레프였다.

"무슨 일이지?"

"알려주십시오."

조금은 퉁명스런 레프의 음성에 로이튼은 저도 모르게 무릎을 꿇으며 말했다.

"무얼 알려달란 거지?"

"이길 수 있는 방법을 알려주십시오."

로이튼의 말에 레프는 실소를 터뜨렸다.

"훗, 아직도 이길 수 있다고 생각하나? 내가 마지막에 해준 말을 알아들었다면 최소한 그 녀석의 실력을 조금이나마 짐작할 수 있었을 텐데 말이야."

"지금 제 실력으론 이길 수 없음을 잘 알고 있습니다. 그래도 언젠가는, 아니, 나중에라도 다시 그런 상황이 온다면, 아니, 최소한 그렇게 무기력하게 패하고 싶지는 않습니다. 그나마 도련님이 깨우쳐 주기 전까진 비겁한 방법에 졌다는 위안이라도 있어 그나마 참을 수 있었는데 이제는 그나마 위안마저도 사라졌습니다. 그러니… 그러니까 도련님께서 알려주십시오."

로이튼의 숙연했던 음성은 어느새 울부짖음으로 변했고 종내에는 절규를 쏟아냈다.

그런 로이튼의 모습에 레프의 마음도 조금은 움직였는지 어느새 그의 음성은 부드럽게 변해 있었다.

"알고 있다니 그건 다행이군. 지금도 계속 성장하는 중이라 과연 네가 벤과의 차이를 극복할지는 미지수지만 네 말대로 최소한 무력하게 패하지 않을 수 있는 방법은 알려주지."

"가, 감사합니다."

"아직 감사하긴 일러. 내가 방법을 알려줘도 과연 네가 해 낼 수 있을지는 모르는 일이니까. 어쨌든 알려주기로 하지. 내가 아는 얘기 중에 적을 알고 나를 알면 백 번 싸워도 백 번을 이긴다고 하는 말이 있지. 그 말대로 네가 벤을 이기려면 먼저 벤을 알아야 하겠지. 내가 알려주는 세 가지를 모두 해 낸다면 일단 네가 그동안 왜 패할 수밖에 없었는지, 또 벤이 왜 이길 수밖에 없었는지 알게 될 거야."

"반드시 해내겠습니다."

"좋아. 첫 번째는 떨어지는 물방울을 베어 봐. 아니, 베는 거 말고도 찌르고 할 수 있는 공격을 모두 해봐."

"그, 그게 무슨……?"

레프의 말에 로이튼이 어리둥절한 얼굴로 반문했다.

"물방울, 물방울 몰라?"

"아, 압니다."

"그걸 한 방울씩 떨어지는 걸 베고 찌르고 해보라고."

"검으로 말입니까?"

"그럼 뭐로 하게?"

"아, 아닙니다."

"어쨌든 그걸 완벽히 해내면 다시 날 찾아와."

"알겠습니다."

"그럼 가봐."

"네. 네?"

"가서 얼른 시작해야 할 것 아냐? 그러니 가보라고."

"아, 네."

얼떨결에 대답을 마친 로이튼이 돌아가자 레프는 그 뒷모습을 바라보며 흥미로운 얼굴로 중얼거렸다.

"후후, 이거 생각보단 재밌겠는걸."

레프에게서 하나의 과제를 받고 돌아온 로이튼은 곧바로 그것을 하기 위한 준비를 시작했다.

우선 물방울이 하나씩 떨어지게 하기 위해 최대한 물이 잘 통하지 않는 천으로 주머니 하나를 만들고 그곳에 물을 담아 보았다.

하지만 예상보단 물이 잘 통하는지 주머니에 가득 담은 물이 모두 떨어져 내리는 데까지 걸리는 시간이 너무나 빨랐다. 더구나 물방울 역시 한 방울이 아닌 여러 방울이 동시에 떨어져 내렸고 말이다.

아무래도 모든 조건을 충족시키는 것을 특별히 주문해야 할 것 같았고, 지금 당장 시작하기 위해 여러 가지를 하나하나 시험해 본 결과 천에 물을 먹인 후 적당히 짜내고 걸어두니 비로소 제법 모든 조건에 부합되었다. 더구나 물을 짜내는 양으로 물방울이 떨어져 내리는 시간까지도 조절할 수 있었고 말이다.

그것으로 로이튼은 드디어 레프가 내준 과제를 시작할 수 있었다.

처음에는 검을 뽑아 들고 미리 바로 앞에서 대기하고 있어도 한 번을 성공하기 힘들었지만 계속하다 보니 간혹 한 번씩 성공하는 경우도 생겼다.

그렇게 로이튼이 레프의 과제를 시작한 지 일주일쯤 지났을 무렵 여전히 다음 상행이 결정되지 않아 빈둥대던 레프는 문득 자신이 내준 과제를 수행하고 있을 로이튼을 떠올리고는 재미있는 것이 생각났다는 듯 장난스런 웃음을 지으며 연무장으로 향했다.

잠시 후, 연무장에 도착한 레프는 요 며칠 사이 와보질 않아서인지 꽤 오랜만에 온 듯 느껴지는 연무장을 둘러보며 로이튼을 찾았다. 하지만 연무장 어디에서도 로이튼의 모습을 찾아볼 수 없자 레프는 의아할 수밖에 없었다.

그러다 연무장 구석에서 개인 수련을 하고 있는 낯익은 얼굴을 발견하곤 그에게로 다가갔다. 그는 바로 다름 아닌 베크였다.

"베크, 오랜만이야."

"레프 도련님, 한데 여긴 어쩐 일로……?"

"호위단장을 좀 만나러 왔는데 안 보이네."

"아, 로이튼 단장님요?"

"응."

"요새 연무장에도 안 나오시고 통 안 보이더라고요."

"그래?"

"일단 숙소로 한번 가보세요."

"호위단장 숙소는 어디지?"

"호위단 숙소 건물 가장 위층이에요."

"고마워. 그럼 수고하고."

베크가 알려준 대로 호위단 숙소 건물로 간 레프는 제일 위층인 4층으로 올라갔다.

이어 로이튼의 방으로 추정되는 입구 앞에서 그의 이름을 불러보았다.

"로이튼, 로이튼."

하지만 방 안에서 사람의 기척이 느껴짐에도 아무런 대답이 없는 것이 아마도 로이튼의 방이 아닌 듯싶어 그만 가보려고 할 때였다.

"레프 도련님?"

갑자기 누군가 자신의 이름을 부르자 레프는 음성이 들려온 방향으로 고개를 돌렸다.

그러자 기척이 느껴졌던 방문이 열린 채 며칠을 씻지 못했는지 무척이나 추레한 모습의 로이튼이 힘겹게 서 있는 모습이 눈에 들어왔다.

"어떻게 된 거지? 방금 불렀을 때는 왜 대답을 안 한 거야? 그리고 그 몰골은 도대체 또 어떻게 된 거고?"

레프가 의아한 얼굴로 순식간에 여러 질문을 쏟아냈다.

"그, 그게… 좀 굶었더니 힘이 없어서……. 죄송합니다."

"도대체 얼마나 굶었기에 대답할 힘이 없다는 거야?"

"이틀… 정도 되었습니다."

"허허, 배가 고프면 식당에 가서 먹으면 되지 도대체 뭘 하느라 밥까지 굶은 거야?"

레프가 기가 막힌다는 듯 연신 실소를 토해내며 묻자 로이튼이 그간의 사정을 설명하기 시작했다.

"그, 그게… 도련님께서 알려주신 수련을 하려고 며칠간 먹을 음식을 챙겨서 수련을 시작했는데 챙겨놓은 음식도 다 먹고 나서도 수련을 계속하고 싶은 욕심에 그만……."

"아니, 그럼 여태 방에 처박혀서 수련을 하고 있었단 거야?"

"그, 그게… 그러니까… 그렇습니다."

"후우, 미련하긴. 수련이란 게 그렇게 마구잡이로 한다고 해서 무조건 성과가 있는 줄 알아? 더구나 내가 알려준 수련은 먼저 몸의 감각을 최상의 상태로 만든 후에 수련해야 더 큰 성과를 볼 수 있어. 그래서 일부로 포만감을 느끼지 않으려고 한 끼 정도를 거른 상태에서는 해도 이렇게 굶어가면서 할 수련은 아니란 말이야."

"그, 그렇습니까?"

"하여간 무슨 폐관 수련하는 것도 아니고 왜 시키지도 않는 짓을 하는 건지. 그럼 혹시 날 찾아왔던 날부터 계속 있었던 거야?"

"네……."

"허, 정말 기가 막히는군. 그나마 내가 몇 가지 충고해 주지 못한 것이 있어 왔으니 다행이지."

너무나도 무식한 로이튼의 수련 방식에 레프가 질렸다는

듯 고래를 절레절레 흔들었다.

"그럼 그 무식한 수련 방식으로 얼마나 성과가 있었는지 어디 한번 보자구."

"들어오십시오."

로이튼을 따라 방으로 들어선 레프는 내부를 둘러보았다.

방은 생각보다 상당히 넓었는데 방을 가로질러 묶여 있는 줄 중간쯤에 걸려 있는 수건과 그 아래 놓여 있는 물이 가득 찬 양동이가 놓여 있는 것을 빼고는 하다못해 한쪽에 쌓여 있는 빈 접시들까지도 꽤나 정리가 잘되어 있었다.

아마도 레프가 알려준 수련을 위해 로이튼이 임시로 설치해 놓은 것이리라.

"그럼 한번 해봐."

"네?"

"그동안 연습한 걸 해보라고."

"아, 네."

대답을 마친 로이튼은 줄에 걸린 수건을 양동이의 물에 적셨다. 이어 물을 적당히 짜내고는 다시 줄에 걸자 수건에서 물방울이 적당한 간격으로 한 방울씩 떨어져 내리기 시작했는데 그 모습이 무척이나 능숙한 것이 그동안 얼마나 많은 연습을 했는지 쉽게 짐작할 수 있었다.

그렇게 준비를 마친 로이튼은 곧바로 자신의 검을 뽑아 들고 조금은 엉거주춤한 자세로 섰고, 때마침 새로운 물방울이 수건에서 떨어져 내리자 그대로 검을 찔러갔다.

슈슈슈숙!

조금은 어설픈, 아니, 무척이나 어설픈 모습이었지만 레프는 로이튼의 검극이 정확히 물방울을 찌르고 지나쳤음을 두 눈으로 똑똑히 볼 수 있었다.

'호오, 제법인걸.'

하지만 전혀 내색하지 않고 아무것도 모른다는 듯 로이튼을 향해 물었다.

"물방울의 정중앙을 정확히 찌른 게 맞아?"

"그렇습니다."

로이튼이 한 치의 머뭇거림도 없이 확신에 찬 음성으로 대답하자 레프가 다시 물었다.

"그걸 어떻게 알지?"

"물방울을 찌르는 순간 제 두 눈으로 똑똑히 확인했습니다."

"아니, 미세하게 중앙에서 좌측을 찔렀어."

로이튼이 다시 한 번 확신을 담아 대답하자 레프는 왠지 그것을 인정해 주기 싫었다. 그리고 사실이기도 했다. 다만, 전생의 세계인 무림에서도 쾌검을 수련할 때 그 정도까지 따지진 않았지만 말이다.

하지만 그러한 사실을 모르는 로이튼은 그저 자신의 수련이 부족하다고 생각할 뿐이었다.

"더 열심히 수련하겠습니다."

"한데 그 엉거주춤한 자세는 도대체 뭐지?"

"그게… 어쩌다 보니……."

"그럴 바엔 차라리 앉아서 하도록 해. 그리고 지금은 괜히 어설프게 찌르기에 힘을 싣지 말고 먼저 정확도에 중점을 두도록 해."

"알겠습니다, 도련님."

제 4 장 테이른 백작가의 소영주

　레프가 두 번째 상행을 다녀온 지 두 달이 지나자 드디어 세 번째 상행이 결정되었는데 바로 베르시아 제국의 수도 베르시안으로 향하는 상행이었다.

　디체이스 상단의 제국으로의 상행은 1년에 단 한 번으로, 단순히 제국의 수도 베르시안으로 향하는 것이 아닌 아이안 왕국의 상업도시 라페온과 루시아 왕국의 수도 루이아를 경유하는 대규모 상행으로 그 기간만 해도 무려 4개월이나 소요되었다.

　더구나 상행을 위해서는 바리타스 산맥을 비롯해 라페론

산맥과 페르티아 산맥이라는 위험 지역을 통과해야 했다. 대신 그만큼 이익 또한 커서 상단 전체 수익의 3할이나 차지하기에 디체이스 상단으로서는 가장 중요한 상행이었다.

그동안 이 상행은 자작 본인이나 부상단주가 직접 이끌었는데 디체이스 자작은 특별히 이번 제국으로의 상행을 레프에게 맡기고 싶었다. 그리고 이것이 레프가 두 달 동안이나 빈둥대야 했던 이유이고 말이다.

어쨌든 가장 중요한 상행인만큼 디체이스 자작은 제국으로의 상행 경험이 있는 유능한 행수 둘을 레프에게 붙여주었고, 상행의 호위 역시 단장을 비롯해 호위단 인원의 절반인 30명과 200여 용병을 고용했다.

그렇게 디체이스 상단이 한차례 들썩일 정도의 소란 끝에 비로소 제국으로 향하는 상행의 준비가 완료되었고, 드디어 시작되었다.

하지만 레프에게는 이전의 상행들과 그다지 다를 바가 없었다. 어차피 이번 상행 역시 겉으로는 몬스터의 습격이 없을 예정이었으니 그저 기간이 좀 더 긴 상행일 뿐이었다.

마차에 탄 채 창밖으로 이제 막 바레인을 빠져나가는 풍경을 지켜보다 이내 실증이 난 레프는 조금 전 자신을 배웅하던 레이첼이 몰래 손에 쥐어진 종이를 확인하곤 피식 웃었다.

"후후……"

"도련님, 그게 뭡니까?"

갑자기 레프를 웃게 만든 종이의 정체가 궁금했는지 라이어 행수가 물었다.

라이어는 여러 번 제국으로 상행을 다녀온 행수로 무척이나 유능한 인물이어서 디체이스 자작이 상당히 신임하는 자였다.

"아, 레이첼의 선물 목록. 직접 적어서 몰래 쥐어주더군."

"하하하."

"어떻게 알았는지 경유하는 지역들의 특산품까지 적혀 있더라고."

"역시 레이첼 아가씨답군요."

"하하, 그렇지?"

"한데 전부 사 가실 겁니까?"

"아무래도 그래야겠지?"

레이첼이 쥐어준 종이 하나로 잠시지만 마차 내부에 활력을 주었으니 충분히 선물을 받을 자격이 있다고 생각하는 레프였다.

제국으로 향하는 상행의 출발은 무척이나 순조로웠다. 더구나 상행의 총인원이 거의 400여 명이나 되었음에도 이동 속도가 생각보다 빨라 10일째가 되었을 때 바리타스 산맥으로 진입할 수 있었다. 하지만 그럼에도 상행의 이동 속도는 그다지 느려지지 않았다.

그러자 의아하게 생각한 라이어 행수가 레프에게 은근한 말투로 물었다.

"도련님, 바리타스 산맥으로 진입했는데 이동 속도가 좀 빠른 것 같지 않습니까? 어차피 호위 문제야 호위단과 용병들의 책임이지만 그래도 주변을 경계하며 이동하기에는 좀 빠른 듯싶습니다."

"그런가? 잘 모르겠는데. 그래도 호위단장까지 있는데 알아서 잘 하겠지."

"그렇기는 하겠지만……."

레프의 말에 라이어 행수는 말을 흐렸지만 그래도 내심 조금은 불안한 듯 엉덩이를 들썩이고 있었다.

사실 지금 레프의 상행은 일반적인 다른 상행 속도에 비해 무척이나 빠른 편이었다. 하지만 그럴 수밖에 없었던 것이, 이미 레프의 상행에 참가해 봤던 많은 일꾼들과 용병들이 이번 역시 몬스터의 습격이 없을 것이라 생각했고, 그런 만큼 긴장으로 몸이 굳어지는 일이 없어서 이동 속도 역시 빨라질 수밖에 없었다.

거기다 이 정도 속도가 되면 아무래도 주위의 경계가 소홀해지기에 호위의 책임자가 속도를 늦추게 마련이었는데, 이번 호위 책임자인 로이튼은 이미 레프와 벤의 실력을 어느 정도는 짐작하고 있었기에 딱히 그럴 필요성을 느끼지 못하고 있었던 것이다.

하지만 그러한 상황을 알 도리가 없는 라이어 행수는 내심 불안한 마음에 엉덩이를 들썩이고 있는 것이었다.

그렇게 바리타스 산맥에 들어서도 상행은 무척이나 순조로웠다. 하지만 벤만큼은 이번 역시 그다지 순조롭지 않았다.

[벤, 좌측 전방 1킬로 조금 넘는 곳에 몬스터 떼다.]

[이번엔 대장이 가면 안 되겠수?]

오우거 두 마리를 처리하고 온 지 얼마 되지도 않았는데 레프의 전음이 들려오자 벤 또한 전음으로 불만을 토해봤지만 역시 예상대로 씨알도 먹히지 않았다.

[내가 그랬지, 억울하면 대장 하라고.]

[다녀오겠수.]

결국 다시 몬스터 몰이를 나가는 벤은 내심 자신도 쓸 만한 부하 몇 정도 둬야겠다는 야무진 계획을 세우며 위안으로 삼았다.

잠시 후, 오크 떼를 멀리 유인해 놓고 돌아온 벤은 무언가 의아한 듯 머리를 갸웃하며 레프에게 전음을 보냈다.

[대장, 좀 이상하지 않수?]

[뭐가?]

[이전에 지날 때보다 몬스터가 많은 것 같아서 말이우.]

[하긴 전보다 몬스터 분포가 좀 많아진 것 같긴 하다.]

[대장은 짐작되는 것이라도 있수?]

[아무래도 바리타스 산맥의 먹이사슬에 큰 변화가 생긴 모양이지. 아니면 어딘가에서 대대적인 몬스터 토벌이라도 하든지. 뭐가 됐든 어차피 우리야 상관없잖아?]

레프의 대답에 벤은 순간 발끈한 음성으로 전음을 보냈다.

[왜 상관이 없수? 난 지금까지 뻥이치고 있구만. 이제 난 모르니 대장이 가슈!]

[벤, 요즘 많이 기어오르네. 로이튼이 부러웠나 보지? 우리도 대련 한번 할까?]

순간 벤은 기겁을 하며 두 손으로 자신의 머리를 감쌌다.

[허억! 아, 아니우. 내가 잘못했수. 대장은 그냥 나한테 말만 하슈. 내가 다 처리하고 올 테니 말이우. 또 어디우?]

[어? 어떻게 알았냐? 우측 전방 1.5킬로 지점이다. 어서 가봐.]

[알았수. 금방 처리하고 오겠수.]

그렇게 벤은 자신의 탐스러운 머리칼을 보존하기 위해 사투를 벌여야 했지만 그러한 사실을 모르는 용병들과 일꾼들은 역시 '허풍쟁이 벤'이 행운의 마스코트라며 기뻐했다. 다만 로이튼만은 이따금씩 벤이 어디론가 사라졌다 나타나는 것과 간혹 벤에게서 미약하지만 몬스터의 피 냄새가 나는 것으로 나름 상황을 짐작하고 있을 뿐이었다.

*　　*　　*

취익! 취이!

취칙! 취이!

"컥! 뭐가 이리 많아?"

레프의 지시대로 이동해 온 벤은 그리 멀지 않은 곳에서 대단위로 이동하는 오크 무리를 발견하곤 살짝 찌푸린 얼굴로 중얼댔다.

그도 그럴 것이, 벤이 지금까지 상행에서 레프의 지시에 따라 몬스터를 처리했던 것이 벌써 수를 헤아리기 힘들 정도로 많았는데 대부분 적은 수의 대형 몬스터이거나 오크와 같은 중소형 몬스터라 해도 그 수는 50마리 내외였다.

한데 지금 보이는 오크 무리는 얼핏 보아도 100마리를 훨씬 웃돌았고, 어쩌면 150마리를 넘을 정도로 그 수가 엄청났다.

그런 엄청난 수의 오크가 못생긴 얼굴을 씰룩거리며 침을

뚝뚝 흘리는 모습이 보기 좋을 리는 없었으니 자연스레 얼굴이 찌푸려지는 것은 당연한 일이었다.

"후우, 저것들을 일일이 처리하자면 아무래도 손도 많이 가고 귀찮겠지? 그래, 그냥 간단하게 다른 곳으로 끌어다 놔야겠군."

150여 마리에 달하는 오크 무리를 보면서도 그다지 겁을 먹거나 긴장한 표정도 없이 마치 처리하려면 얼마든지 할 수 있지만 귀찮아서 안 한다는 듯 만약 누군가가 들었다면 경악하고도 남을 말을 스스럼없이 쏟아내는 벤이었다.

그렇게 150여 마리의 오크는 벤의 귀찮음으로 인해 자신들도 모르는 사이에 구사일생으로 목숨을 부지하게 되었다.

이어 벤은 시선을 끌기 위해 주위에서 적당한 크기의 돌멩이 몇 개를 주어 들어 오크들을 향해 가볍게 연속으로 던졌다.

쇄애애액! 쇄애애액!

퍼억! 픽!

무척이나 가볍게 던진 듯 보였지만 막상 벤의 손을 떠난 돌멩이들은 엄청난 속도로 쇄도해 갔고, 순식간에 무리의 가장 외곽에 있던 오크 세 마리의 머리통에 정확하게 박혀들어 갔다.

꾸엑! 꽥!

돼지 멱따는 듯한 괴성과 함께 세 마리의 오크 대가리가 터져 죽자 순간 오크 무리가 무척이나 어수선해졌고, 동시에 벤을 발견한 몇몇 오크들은 광분하여 달려들기 시작했다.

　하지만 벤은 달려드는 오크들을 여유있게 피하며 다른 오크들까지 유인하기 시작했고, 그제야 벤을 발견한 나머지 오크들도 달려들기 시작했다.

　"좋았어!"

　오크 무리 대부분이 달려들자 그제야 벤은 무척이나 능숙한 움직임으로 조금씩 뒤로 빠지며 유인을 시작했다.

　취칙! 취익!

　벤이 잡힐 듯하면서도 쉽게 잡히지 않자 흥분한 오크들이 괴성을 토해내며 뒤쫓기 시작하면서 상황은 벤의 의도대로 풀려 나갔다.

　그렇게 얼마쯤 지나서 미리 생각해 둔 지점까지 오크 무리를 유인하는 데 성공한 벤은 지금까지와는 그 수준이 다른 엄청난 속도로 달리기 시작했고, 순식간에 오크들을 따돌려 버리곤 상행에 합류했다.

　[잘 처리했어?]

　[대장, 걱정 마슈.]

　[혹시 지난번처럼 다른 상행이 있는지 확인도 해보지 않고 무작정 유인만 해놓고 온건 아니겠지?]

순간 벤은 내심 흠칫했지만 이내 아무렇지도 않은 음성으로 전음을 보냈다.

[다 확인했으니 대장은 걱정 마슈.]

그러자 레프는 살짝 못 미더운 눈으로 벤을 째려보더니 이내 고개를 절레절레 흔들고는 이어 라이어 행수를 불렀다.

"라이어 행수."

"네, 도련님."

"이제 곧 꽤 넓은 공터가 하나 나오는데 오늘은 그곳에서 야영을 하는 게 좋겠어. 그러니 선두에 미리 알려두도록 해."

"알겠습니다, 도련님"

＊　　　＊　　　＊

바리타스 산맥은 대륙의 척추 역할을 하는 페르티아 산맥에서 갈라져 풍요로운 대륙 서부로 뻗어 있는 산맥답게 그리 험하지도 않았고 몬스터의 분포도 비교적 다른 산맥들에 비해 적은 편이었다.

그래도 산맥이라는 지형적인 특성이 있어 라오스 왕국과 아이안 왕국의 국경 역할을 톡톡히 해주는 것은 당연한 일이었다.

그런 바리타스 산맥의 완만한 등성이를 대략 20여 기의 인

마가 지나고 있었다.

단 한 사람을 제외하곤 모두가 은빛 갑주로 온몸을 감싸고 있었는데 자세히 보자 그들의 가슴팍에는 둥근 방패를 세로로 관통하는 검의 문장이 그려 있는 것으로 보아 테이론 백작가의 기사들이 틀림없었다. 그리고 남은 한 사람은 이십대 초반의 청년으로 꽤 고급스런 재질의 여행복을 입고 있었는데 아마도 테이론 백작가의 혈족임이라 짐작되었다.

그것을 증명하기라도 하듯 기사들의 선임자로 보이는 삼십대 후반의 사내가 말을 몰아 안색이 파리해진 청년에게 붙더니 조금은 걱정스런 얼굴로 물었다.

"소영주님, 괜찮으십니까?"

"괜찮으니 걱정 마세요, 파밀론 경."

"이렇게 힘들어하실 줄 알았으면 마차에 모실 걸 그랬습니다."

"다 내가 조금이라도 빨리 가려는 마음에 고집을 부린 탓이니 파밀론 경이 자책할 일이 아니에요."

"그래도 이제 곧 야영할 만한 곳이 나오니 오늘은 그곳에서 조금 일찍 쉬도록 하겠습니다."

"그러죠."

파리해진 얼굴로 살짝 미소 지으며 대답하는 청년은 바로 테이론 백작가의 장남인 제이크 테이론이었다.

그는 아이안 왕국의 마법사 가문인 마이어 자작가 출신인 어머니를 닮았음인지 어려서부터 마법적인 재능이 뛰어나 스무 살의 나이에 벌써 3클래스를 마스터한 인재였다. 그리고 지금은 외가인 마이어 자작가로 가는 중이었고, 조금이라도 빨리 가려는 마음에 마차가 아닌 말을 타고 가기로 결정했던 것이다.

하지만 마법사인 그가 아무리 다른 산맥들에 비해 험하진 않다고는 하지만 마차도 아닌 말을 타고 바리타스 산맥을 넘기에는 사실 조금 무리가 있었다.

그러다 보니 호위하는 기사들 역시 그의 속도에 맞출 수밖에 없었고, 일정은 오히려 더욱 지체되고 있는 중이었다.

어쨌든 기사들의 선임인 파밀론의 말대로 얼마 지나지 않아 야영하기에 적당해 보이는 넓은 공터가 나타났다.

"이곳에 야영을 준비한다."

"넵!"

"네."

파밀론이 지시를 내리자 대답을 마친 기사들은 각자 자신이 해야 할 일이 이미 정해져 있었는지 일사불란하게 움직이며 야영을 준비하기 시작했다. 그제야 제이크는 이제 곧 따뜻한 저녁을 먹고 쉴 수 있다는 생각에 내심 안도의 한숨을 내쉬었다. 하지만 그런 제이크의 소박한 소망은 이루어지지 못했다.

취익! 취칙!

취익! 취이!

갑자기 몬스터의 괴성이 들려오기 시작하더니 이어 야영 준비를 위해 마른 나무를 주우러 갔던 기사 하나가 급하게 돌아와 파밀론에게로 달려갔다.

"부단장님!"

"무슨 일인가?"

"오크가 나타났습니다."

"수는 얼마나 되던가?"

"그게 숲에 가려져 확실하게 헤아리기는 힘들었으나 상당히 많은 숫자였습니다."

"모두 전투를 준비한다."

커다란 음성으로 지시를 내린 파밀론은 이어 제이크에게로 다가갔다.

"파밀론 경, 무슨 일인가요?"

"오크들이 나타났습니다만 소영주님께서 걱정 마십시오."

"파밀론 경과 기사들이 계신데 제가 걱정할 일이 뭐가 있겠어요."

파밀론이 제이크를 안심시키는 동안 어느새 기사들은 이미 전투 준비를 마치고 대기하고 있었고, 그러는 사이 숲과 나무 사이로 오크들이 하나둘 그 모습을 드러내기 시작했다.

"톰과 헹크는 소영주님을 보호하고 나머진 각자 오크들을 격살한다."

파밀론은 기사들 중 가장 실력이 뛰어난 둘로 하여금 제이크를 호위토록 하고 나머지 기사들에게 공격 명령을 내렸다.

그러자 둘을 제외한 모든 기사들이 일제히 돌격해 나갔고, 기사들을 발견한 오크들 역시 달려들기 시작하면서 전투가 시작되었다.

차앙! 푸캉!

푸슉! 푸욱! 스걱!

꾸엑! 꾸에엑!

확실히 기사들의 무위는 오크들과는 비교 자체가 안 되었다.

순식간에 여러 마리의 오크들이 괴성을 토해내며 쓰러져갔고, 전투는 금방 끝날 듯싶었다. 그러나 숲과 나무 사이로 모습을 드러내는 오크의 수 역시 순식간에 불어나더니 어느새 그 수가 얼핏 보기에도 100여 마리는 되어 보이는 것이 아닌가.

"허, 이런. 기사들은 모여 방진을 형성해라!"

갑자기 불어난 오크의 수에 파밀론은 크게 놀라면서도 침착하게 지시를 내렸다. 이에 각자 흩어져서 오크들을 상대하던 기사들이 빠르게 모여들어 파밀론과 제이크를 중심으로 둥글게 방진을 형성했다.

그렇게 기사들로 인해 안전이 확보되자 지금까지는 전투에 참여하지 않고 있던 제이크도 한 손 거들기 위해 마법을 사용하기 시작했다.

"파이어 볼!"

슈우우욱!

콰콰쾅! 콰쾅!

"파이어 웨이브!"

쏴아아! 화르르르

꾸엑! 꾸르륵!

기사들의 무력에 제이크의 마법이 지원되자 수많은 오크들이 괴성을 내지르며 빠르게 무너져 내렸다. 하지만 그럼에도 상황은 그리 좋지 못했다.

오크의 수는 멈추지 않고 계속해서 불어났고, 이미 수십 마리의 오크를 처리했음에도 그 수는 조금도 줄지 않고 오히려 늘어나 있었다.

이렇게 되면 인간인 이상 기사들도 점점 지쳐 갈 것이 분명했다. 더구나 수련기사 열 명은 이미 어느 정도 지친 기색이 다분한 것이 이제 그리 오래 버티지 못할 듯 보였다. 그리고 마침내는 모두 전멸하고 말 것이 틀림없었다.

상황이 이쯤에 이르자 파밀론은 당황하지 않을 수 없었다. 그래도 무언가 조치를 취해야 했기에 가장 믿을 만하고 실력도 뛰어난 톰과 헹크를 불렀다.

"톰! 헹크!"

"네, 부단장님."

"아무래도 이대로는 힘들다. 일단 포위를 뚫어야 하니 너희 둘이 선두를 맡는다."

"알겠습니다."

"넵!"

"지금부터 포위를 뚫고 이곳을 빠져나간다! 모두 톰과 헹크가 선두가 되어 포위를 뚫는다!"

기사들에게 명령을 내린 파밀론은 이어 제이크를 향해 다급한 음성으로 말을 이어나갔다.

"소영주님, 이제부터 제 옆에서 떨어지시면 절대로 안 됩니다."

"알겠어요, 파밀론 경."

"톰, 헹크, 뚫어라!"

제이크에게 주의를 준 파밀론은 곧바로 톰과 헹크에게 명령을 내렸다.

이미 묶어놓은 말은 오크들에 의해 죽은 지 오래였기에 톰과 헹크는 오크들의 포위가 가장 얇은 곳으로 방향을 잡았다.

"절대 앞의 동료를 놓치지 마라! 낙오는 용납하지 않는다!"

열의 중간쯤에서 움직이던 파밀론이 커다란 음성으로 기사들을 다독였다.

하지만 이미 어느 정도 지쳐 있던 수련기사들은 사방에서 몸으로 달려드는 수많은 오크들의 공격을 버티기 힘들었다.

"크아악!"

"으악!"

첫 번째 희생자를 알리는 비명 소리가 들려왔고, 얼마 지나지 않아 곧바로 두 번째 희생자를 알리는 비명 소리가 이어졌다.

"크헉!"

"커어억!"

계속해서 비명 소리가 이어지는 가운데 선두에 섰던 톰과 헹크는 온몸에 오크의 피를 뒤집어쓴 채 어느새 포위에서 완전히 벗어났다. 그리고 그 뒤를 이어 하나둘 포위에서 벗어나기 시작했다.

"이대로 오크들을 따돌린다!"

다시 이어진 파밀론의 명령에 기사들은 멈추지 않고 계속해서 달렸고, 그것으로 오크들과의 쫓고 쫓기는 사투가 시작되었다.

그렇게 얼마쯤 지났을까? 어느새 하늘은 서서히 어두워져 갔고, 다행히 그제야 쫓아오던 오크들을 간신히 따돌릴 수 있었다. 하지만 그럼에도 기뻐할 수만은 없었다.

그 과정에서 또다시 희생자가 추가되어 이제 남은 인원이라곤 제이크와 파밀론을 비롯해 기사 여섯 명과 수련기사 두 명으로 모두 열 명이 전부였으니 동료를 잃은 슬픔도 슬픔이지만 앞으로가 문제였다. 단 열 명의 인원으로 바리타스 산맥을 벗어나야 하는 것이다.

상황이 이쯤에 이르자 파밀론도 내심 절망할 수밖에 없었다. 그러나 이대로 포기할 수만은 없었다. 무엇보다 소영주만큼은 무슨 일이 있어도 지켜야만 했기에 애써 침착함을 유지하려 노력했다.

"소영주님, 괜찮으십니까?"

"헉, 헉. 괜찮아요."

아무래도 기사들에 비해 체력이 한참이나 떨어지는 제이크는 그때까지도 가쁜 숨을 몰아쉬며 대답했다.

"다행입니다. 이제 날이 어두워서 일단 오늘은 여기서 야영을 하겠습니다."

"그렇게 하세요."

"일단 이곳에서 야영을 준비한다."

제이크의 허락에 파밀론은 지시를 내렸고, 기사들은 빠르게 야영을 준비하기 시작했다.

바로 그때 갑자기 헹크가 파밀론을 부르며 다가왔다.

"부단장님!"

"무슨 일인가?"

"저쪽에 불빛이 보입니다."

"그렇군. 음."

헹크가 손가락으로 가리키는 방향으로 고개를 돌린 파밀론은 희미하긴 해도 확실히 불빛을 발견할 수 있었다. 그리고 그것은 곧 그곳에 누군가 사람이 있다는 말과 같았기에 파밀론으로선 내심 기대가 될 수밖에 없었다.

하지만 섣불리 판단을 내릴 수만은 없었다. 어떻게 보면 인간의 가장 큰 적은 몬스터도 야수도 아닌 같은 인간이었다. 만약 불빛의 주인들이 무언가 좋지 못한 의도를 가지고 있다면 오히려 더욱 위험에 처하게 될 것이 분명했다.

그런 이유로 파밀론이 잠시 고민하느라 대답이 없자 헹크가 재촉하듯 물었다.

"어떻게 할까요?"

"일단 자네가 가서 어떤 자들인지 조심히 살펴보고 오도록."

"알겠습니다."

그렇게 헹크가 불빛을 향해 어둠 속으로 사라지고 어느 정도 시간이 지나자 기사들이 야영 준비를 모두 마쳤다. 그리고 헹크가 다시 돌아온 것도 그 무렵이었다.

"부단장님, 다녀왔습니다."

"수고했네. 어떤 자들인가?"

파밀론이 살짝 기대하는 얼굴로 물었다.

"어느 상단인지는 확인하지 못했지만 인원만 해도 대충 3, 4백은 되어 보이는 것이 상당히 대규모 상행이었습니다."

"오, 그런가? 잘됐군. 거리는 얼마나 되나?"

"그리 멀지 않습니다."

"그렇다면 지금 소영주님께 말씀드리고 바로 이동할 테니 모두 준비를 시켜두게."

"알겠습니다."

헹크의 보고에 파밀론은 무척이나 환해진 얼굴로 제이크에게로 갔다.

"소영주님, 이곳에서 멀지 않은 곳에 대규모 상행이 있다고 합니다. 그래서 지금 바로 이동해야 할 것 같은데 움직이실 수 있겠습니까?"

"그거 잘되었군요. 난 걱정하지 마세요."

"알겠습니다."

레프의 상행은 워낙 대규모이다 보니 그 인원이 야영할 만큼 충분히 넓은 공터를 찾는 것은 쉽지 않았다. 그러다 보니 어느 정도 이른 시간이라 해도 조건이 충족되는 공터가 나오면 더 이상의 이동을 멈추고 야영을 해야만 했다.

그런 이유로 레프의 상행은 오늘 역시 다른 날에 비해 조금 일찍 이동을 멈추고 야영을 준비하기 시작했다.

일꾼들과 용병들은 마른 나무를 주워 불을 피우고 저녁을 만드는 등 무척이나 분주하게 움직였고, 그 결과 얼마 지나지 않아 야영 준비는 물론 따뜻한 저녁까지 준비되었다.

레프는 지금까지 상행을 하며 단 한 번도 마차에서 따로 식사를 하지 않았기에 식사준비가 되자 벤과 같이 용병들과 어울렸다.

비록 고기는 얼마 들어가지 않은 스튜에 딱딱한 빵이었지만 나름 꽤나 만족스런 식사를 마친 레프는 모닥불 주위에 앉아 어느새 어두워진 하늘을 바라보며 포만감을 만끽하고 있었다.

그러던 중 때마침 상행의 후미 쪽으로 은밀히 접근하는 하나의 기척을 느낄 수 있었다. 그리고 벤 역시 그것을 느꼈는지 자연스럽게 일어서 상행의 후미 쪽으로 향하려 했다.

[그냥 있어. 몬스터가 아냐. 아마 누군가 불빛을 보고 정찰을 보낸 거겠지.]

벤이 아무 일도 없었다는 듯 다시 자연스럽게 자리에 앉았다.

레프의 전음도 전음이었지만 정찰을 마쳤는지 기척도 사라졌기 때문이다.

얼마 지나지 않아 상행의 후미로 접근하는 기척이 다시 느껴졌다. 다만 다른 점이 있다면 이번에는 하나가 아니라는 점과 이전과는 달리 은밀하지 않다는 것이다.

그렇기에 레프는 다시 전음을 보내 이제 막 일어서려고 몸을 들썩이는 벤을 멈추게 하곤 그들이 오기를 기다렸다.

잠시 후, 레프의 짐작대로 상행의 후미에서 약간의 소란이 있더니 이내 호위단원 하나가 10여 명의 사람들을 데리고 왔다.

"레프 도련님, 이분들이 도련님을 뵙길 청해서 모셔왔습니다."

"알았으니 그만 일봐."

호위단원을 돌려보낸 레프는 이어 10여 명의 불청객에게로 시선을 옮겼다.

그들은 상당히 고급스런 여행복을 입은 청년 하나에 기사로 보이는 사내들이 아홉이었는데, 한눈에 보기에도 귀족가의 공자와 그를 호위하는 기사들이란 사실과 온몸에 몬스터 피를 뒤집어쓴 것이 이미 상당한 전투를 벌이며 꽤 큰 피해를 입었으리란 사실을 쉽게 짐작할 수 있었다. 거기에 레프는 하나의 사실을 더 짐작할 수 있었는데, 바로 그들이 온 방향으로 봐서 아마도 벤이 유인해 간 오크 무리와 마주쳐 전투를 벌였으리란 것이다.

레프는 내심 쓰게 웃으면서도 겉으론 조금도 내색하지 않고 오히려 의아한 표정까지 지어가며 그들을 향해 입을 열었다.

"제가 이 상행을 책임지고 있는 레프 디체이스라고 합니다만……."

"아, 디체이스 자작가 분이셨군요? 저는 테이론 백작가의 기사인 파밀론 로드웰입니다. 그리고 이분은 소영주님이신 제이크 테이론님이십니다."

"제이크 테이론입니다."

"한데 무슨 일로 절 만나고자 하셨는지……."

"실례가 안 된다면 어디로 향하는 상행인지 알 수 있겠습니까?"

"아이안 왕국을 거쳐 베르시아 제국으로 향하는 상행입니다만."

"사실은 저희가 몬스터의 습격으로 큰 피해를 입고 상당히 난감한 상황이었습니다. 그러던 차에 귀 상단을 발견했습니다. 그래서 바리타스 산맥을 벗어날 때까지만 동행을 했으면 하는데 허락해 주시겠습니까?"

"아, 그렇게 하십시오."

생각 같아서는 거절하고 싶었지만 벤이 친 사고가 원인이 되었기에 수습하는 차원에서 동행을 허락한 레프는 내심 입맛이 쓸 수밖에 없었다.

"감사합니다."

"아닙니다. 어려운 상황에 처했는데 돕는 건 당연한 일입니다. 혹 필요한 것이 있다면 여기 라이어 행수에게 말하도록 하십시오."

"이렇게까지 신경 써주셔서 감사합니다."

레프는 귀찮은 손님을 라이어 행수에게로 떠넘겼지만 제이크는 그것을 호의로 생각하곤 환해진 얼굴로 감사를 표시했다.

그렇게 레프의 상행에 잠시 합류하게 된 제이크와 파밀론을 비롯한 기사들은 늦게나마 따뜻한 저녁과 안전한 잠자리를 얻고 안도할 수 있었다.

제이크를 비롯한 테이론 백작가의 인원이 합류한 레프의 상행은 지금까지 그래왔듯 여전히 몬스터의 습격은 없었다.

그것이 제이크와 파밀론을 비론한 테이론 백작가의 기사들은 무척이나 생소했지만 너무 대규모의 상행인만큼 인원이 많았기에 몬스터들이 피하는 것이라 여겼다. 그리고 보통의 경우라면 그것이 어느 정도 사실이기도 했다.

어쨌든 처음에는 긴장하던 테이론 백작가의 기사들도 며칠째 몬스터의 습격이 없자 어느새 긴장이 풀어지기 시작했고, 그러다 보니 조금씩 문제가 생겨났다.

본래 자존심이 강한 기사들이 보기에 기사도 아니면서 마치 기사라도 되는 양 행동하는 호위단이란 존재를 무척이나 못마땅하게 생각했다. 그것은 디체이스 상단의 호위단이라고 다르지 않았다. 더구나 상행에 고용된 용병들이 벤을 호위단원이라 착각하면서 호위단원에 대한 인식이 좋아져 마치 기사를 대하듯 하니 더욱 못마땅할 수밖에 없었다.

제이크와 테이론 백작가의 기사들이 레프의 상행에 합류한 지 나흘째 되던 날 드디어 일이 터지고 말았다.

어느 날과 다름없이 조금 일찍 야영을 시작한 레프의 상행은 이른 저녁 식사 후 각자 개인 시간을 가졌다.

로이튼은 요즘 레프가 내준 과제로 인해 자유 시간이 되면 혼자 조용한 곳을 찾아 수련을 하느라 정신이 없었고, 보통 호위단원 역시 상행 시에도 자유 시간이 되면 각자 부족한 부분을 수련하는 것이 보통이었다. 물론 모든 호위단원이 그런 것은 아니었고, 또한 매번 자유 시간을 수련으로 보내는 것은 아니었다.

호위단 소속의 바리튼 역시 보통 자유 시간에는 수련을 했지만 오늘은 저녁 식사를 하며 알게 된 지미라는 어린 용병이 마음에 들어 이런저런 잡담을 나누고 있었다.

"바리튼님은 어떻게 호위단이 되신 건가요?"

"사실 나야 태어나면서부터 디체이스 상단의 호위단이 되었다고 할 수 있지."

"에이, 어떻게 태어나자마자 호위단이 돼요?"

"그게, 300년 전만 해도 디체이스 자작가가 무척 유명한 가문이었거든."

"질풍의 기사 말이죠? 그거야 다들 아는 얘기잖아요."

"그렇지. 그때는 백작가였지. 하여튼 당시 디체이스 백작가에는 기사단이 있었거든."

"그것도 알죠. 질풍의 기사단 말이잖아요."

"그런데 디체이스 백작가가 몰락하고 상단을 만들어 운영하면서 기사단이 해체되었지. 한데 당시 기사단의 몇몇 기사들이 기사의 명예를 버리고 스스로 디체이스 호위단을 조직했거든. 그리고 그 기사 중 한 분이 바로 우리 집안의 어른이시고 말이야. 그때부터 우리 집안은 대대로 디체이스 상단의 호위단이 되었거든. 그러니 태어나면서부터 난 디체이스 상단의 호위단이 되어버린 거지."

"이야, 대단해요!"

지미가 탄성을 터뜨리며 감탄하자 바리튼은 더욱 신이 난 듯 떠들어댔다.

"지금 우리 호위단의 몇몇은 나처럼 대대로 호위단이 된 이들이야. 단장님 역시 마찬가지고 말이야."

"그러면 디체이스 상단의 호위단은 검술 실력도 무지 높겠네요?"

"아무래도 다른 상단의 호위단에 비하면 높은 편이지. 더구나 전 자작님께서 가전 검술인 게일 소드까지 호위단을 위해 공개해 주셨거든. 더구나 이건 비밀인데, 우리 단장님을 비롯한 몇몇 단원은 웬만한 기사 정도는 가볍게 상대할 정도로 실력이 뛰어나지."

호위단 자랑에 열을 올리던 바리튼은 어느새 살짝 흥분해서 비밀이라고 하면서도 어느 정도 거리라면 충분히 들을 수 있을 정도로 음성이 상당히 커져 있었다.

아니나 다를까, 그리 멀지 않은 곳에서 바리튼의 얘기를 듣고 얼굴을 찌푸리는 자들이 있었으니 바로 테이론 백작가의 수련기사인 마크와 니트론이었다.

"칫, 용병이나 다를 바 없는 상단의 호위단 주제에 잘난 척

하기는."

"그러니까 말이야."

"실력도 별로 없어 보이는데 그냥 대련 핑계대고 버릇을 고쳐줄까?"

"그런데 부단장님이 사고 치지 말고 얌전히 있으라고 했잖아."

"그냥 대련 한번 하는 게 사고치는 건 아니잖아."

"하긴 그렇긴 하네. 그럼 한번 해봐."

"응, 한데 혹시라도 내가 기사라 겁을 먹고 피할지도 모르니 니트론 네가 옆에서 조금 도와줘야 해."

"그 정도야 문제없지."

그렇게 작당을 끝낸 마크와 니트론은 자리에서 일어나 그때까지도 얘기를 나누느라 한창 정신이 없는 바리튼과 지미에게로 다가갔다.

"혹시 디체이스 상단의 호위단 분이십니까?"

한편 지미와 얘기를 나누던 바리튼은 누군가 자신에게 말을 걸자 고개를 돌려보았다. 그리고 그가 얼마 전 상행에 합류한 테이론 백작가의 기사임을 알아보고 정중하게 대답했다.

"그렇습니다. 무슨 일이십니까?"

"난 테이론 백작가의 수련기사인 마크라 하는데 평소 디체이스 상단의 호위단의 검술 실력이 무척 뛰어나다 들었습니다. 그래서 실례가 안 된다면 대련을 한번 부탁하고 싶은데 가능하시겠습니까?"

그러자 바리튼은 잠시 고민할 수밖에 없었다. 상대의 눈빛에서 이것이 결코 호의적인 부탁이 아님을 느낄 수 있었던 것이다.

하지만 그렇다고 무조건 피하기는 싫었다. 또한 자신의 실력에도 자신이 있었고 말이다.

다만 평소 상행 중에도 대련이 금지된 것은 아니지만 상대는 잠시 도움을 청해 몸을 의탁했어도 상단의 손님으로 있는 귀족가의 수습기사다. 만약 문제가 생기게 되면 자신뿐만 아니라 디체이스 상단에게까지 그 여파가 미칠 것이니 신중히 생각해야 할 문제였다.

바리튼이 잠시 고민을 하며 쉽게 결정을 내리지 못하자 마크의 옆에서 잠자코 있던 니트론이 살싹 비꼬는 투로 말했다.

"마크, 그만둬. 상단의 호위단이 실력이 좋아봤자 얼마나 좋겠어?"

"실례가 되었다면 죄송합니다."

니트론의 말에 이어 마크가 정중하게 말했다. 하지만 그 순간 그의 입가가 살짝 말려 올라가며 비웃는 미소를 바리튼은 놓치지 않았고, 그것이 결정을 내리는 데 결정적인 역할을 해

주었다.

"아니, 가능합니다."

"아, 감사합니다."

바리튼이 제안을 받아들이자 마크는 내심 회심의 미소를 지으며 정중하게 대답했다.

그렇게 간단하게 마크와 바리튼의 대련이 결정되었고, 이 소식은 지미를 통해 호위단과 용병들에게 빠르게 퍼지면서 순식간에 둘의 대련을 구경하기 위해 많은 인원이 모여들었다.

거기에는 레프와 벤은 물론이고 어디선가 조용한 곳에서 수련을 하던 로이튼까지도 빠지지 않았다. 또한 제이크와 파밀론을 비롯한 테이론 백작가의 기사들도 예외는 아니었다.

그렇게 되자 그저 조용히 대련만 하고 끝내려던 바리튼은 일이 너무 커져 버려 내심 당황하지 않을 수 없었다.

하지만 상행의 책임자인 레프나 호위단의 단장인 로이튼 까지도 아무런 질책없이 그저 대련이 시작되길 기다리는 모습에 조금은 안심이 되기도 했다.

이윽고 많은 구경꾼이 둘러싼 가운데 바리튼과 마크가 서로 검을 쥔 채 마주하고 있었다.

"모두들 기다리는 것 같으니 이제 그만 시작합시다."

"그러죠."

자신만만한 얼굴로 마크가 말하자 바리튼이 간단히 대답을 마친 후 자세를 잡음으로서 대련이 시작되었다. 그리고 먼저 움직인 것은 마크였다.

"이얏!"

바리튼을 우습게본 마크는 단 일 검에 끝내겠다는 듯 커다란 기합성과 함께 빠르게 달려들며 검을 찔러갔다.

쑤아아아앙!

하지만 이미 익스퍼트 급에 올라 수많은 실전을 거친 바리튼이 아직 수습기사에 불과한, 더구나 상대를 우습게 보고 방심까지 하고 있는 마크의 공격에 당할 리는 절대 없었다.

그리고 그것을 증명이라도 하듯 바리튼은 옆으로 살짝 비켜서며 자신을 찔러오는 마크의 검을 강하게 내려쳤다.

까앙!

"옥!"

순간 미크는 검을 잡은 손아귀에 느껴지는 엄청난 통증에 저도 모르게 신음성을 터뜨리는 한편 내심 우습게 여기던 상대가 자신의 공격을 너무나도 쉽게 피하고 반격까지 했다는 사실에 경악할 수밖에 없었다.

그제야 자신이 상대의 실력을 오판한 것을 깨달은 마크는 방심을 떨쳐 버리고 긴장하기 시작했다.

하지만 그럼에도 바리튼의 실력은 마크가 생각하는 그 이상이었고, 그것을 깨닫기까지는 그리 오래 걸리지 않았다.

슈아아악!

어느새 매끄러운 움직임으로 마크의 뒤로 이동한 바리튼은 빠르게 검을 휘둘렀고, 이내 마크의 목 바로 앞에서 검을 멈췄다.

턱!

"졌습니다."

너무도 순식간에 벌어진 일이었기에 구경하던 용병들은 모두 어리둥절했고, 마크 역시 갑자기 자신의 목 뒤로 차가운 검날의 감촉이 느껴지자 어쩔 수 없이 힘없는 음성으로 패배를 인정할 수밖에 없었다.

하지만 테이론 백작가의 기사들은 그것을 순순히 인정하기 싫은 모양이었고, 그것을 증명이라도 하듯 기사 하나가 바리튼에게로 다가갔다.

"본인은 테이론 백작가의 기사 헹크라고 하오."

"바리튼입니다."

"묻고 싶은 것이 있소."

"무엇입니까?"

"혹시 익스퍼트가 맞소?

"맞습니다만."

"그렇다면 이 대련은 부당한 것이오. 익스퍼트 급과 그렇지 않은 자의 대련은 있을 수 없으니 말이오. 그래서 우리 쪽 익스퍼트 급의 기사와 재대련을 요구하고 싶소."

"그것은……."

헹크가 억지스런 주장을 하며 재대련을 요구해 오자 바리튼은 쉽게 대답하지 못하고 곤란한 표정으로 레프와 로이튼의 눈치를 살피기 시작했다. 그러자 헹크가 비꼬듯 말하며 대답을 재촉했다.

"익스퍼트가 아닌 자와는 대련을 해도 같은 익스퍼트 급과의 대련은 겁이 나는 것이오?"

헹크가 비꼬듯 말하며 도발하자 바리튼도 더 이상 참을 수 없었는지 재대련을 받아들이려고 했다. 하지만 그보다 먼저 들려온 음성이 있었으니 바로 벤이었다.

"대장, 사람 사는 곳은 다 똑같은 것 같수. 아이가 맞고 오면 그 어미가 잘잘못도 따지지 않고 무조건 징징대는 것이 말이우. 안 그렇수?"

말은 레프에게 하는 것이었지만 그 내용은 지금 헹크의 행동을 비꼬고 있음이 틀림없었다. 더구나 바로 옆의 레프에게 하는 말치고는 너무나도 음성이 컸으니 말이다.

헹크 역시 그것을 알아들었는지 붉게 물든 얼굴을 잔뜩 일

그러뜨린 채 벤을 향해 다가가더니 이어 장갑을 벗어 벤에게로 던졌다.

"그대는 그대의 검으로 방금 한 말이 맞음을 증명해 보라."

느닷없이 상황이 결투로 치달으면서 분위기가 상당히 무거워지자 구경하던 이들은 모두 당황할 수밖에 없었다.

특히 테이론 백작가의 제이크나 파밀론은 디체이스 상단에 신세를 지고 있는 입장에서 느닷없는 헹크의 결투 신청으로 일이 커지자 당혹스러울 수밖에 없었다.

하지만 결투는 기사의 명예를 걸어야 하는 신성한 의식이다. 아무리 상급자라 해도 이미 신청된 결투를 취소시킬 수는 없었다.

반면 레프나 로이튼은 둘째 치고 결투 신청을 받은 당사자인 벤은 그다지 당황한 얼굴이 아니었다. 아니, 벤은 오히려 로이튼과의 대련에서 머릿결이 쫙 휘감기는 손맛을 잊지 못하고 있었기에 내심 무척이나 들떠 있었다.

"받아들이지."

벤은 내심 들뜬 마음을 들키지 않기 위해 최대한 마음을 진정시키며 말투마저도 평소와는 다른 상당히 정중한 어투로 대답하곤 헹크의 앞으로 가 섰다.

그러자 헹크가 오래 참았다는 듯 검을 뽑으며 소리쳤다.

"검을 뽑아라!"

챙!

"난 이 두 손이 무기라서 말이우."

"감히! 그 오만이 얼마나 가는지 보겠다!"

어느새 이전의 말투로 돌아온 벤이 두 손을 들어 올리며 말하자 헹크가 분노한 얼굴로 더 이상 두고 볼 것도 없다는 듯 사납게 달려들었다.

"타앗!"

쐐애애애액!

확실히 익스퍼트 중급의 실력자답게 헹크의 움직임은 무척이나 빠르고 부드러웠다. 하지만 그뿐이었다. 아니, 같은 익스퍼트 중급이었지만 얼마 전 상대했던 로이튼보다도 실력이 떨어졌으니 그 결과야 말할 것도 없었다.

결투는 그야말로 눈 깜짝할 사이에 끝이 났고, 그 결과는 모두의 예상을 깨는 것이었다.

어느새 벤은 검을 잡은 헹크의 손을 제압하고 비어 있는 다른 한 손으로 그의 머리칼을 한 움큼 쥐고 있는 것이었다. 그리고 이어지는 고통에 가득 찬 처절한 비명 소리.

"으아악!"

헹크는 자신의 머리칼이 언제 상대의 손아귀에 잡힌 것인지 기억하기도 전에 머리에서 엄청난 고통을 느껴야만 했다. 그리고 그것을 들으며 로이튼은 바로 얼마 전 자신이 당했던 고통이 떠오르는지 몸을 흠칫 떨었다.

이윽고 충분히 손맛을 즐긴 벤은 손에 쥐어진 채 뽑혀 버린 머리칼을 털어내며 다시 자신의 자리로 갔다.

"이놈! 감히 신성한 결투에서 비겁한 짓을 서슴지 않다니! 나의 검이 절대 용서치 않을 것이다!"

바로 그때 고통이 사라지자 정신을 차린 헹크가 자리에서 벌떡 일어서더니 분노로 잔뜩 일그러진 얼굴로 소리치곤 벤을 향해 다시 달려들었다.

"핫!"

슈아아악!

"신성하긴, 개뿔!"

헹크의 말에 벤이 투덜거리며 몸을 돌렸다. 이어 자신을 향해 쇄도해 오는 헹크를 향해 앞으로 나서며 손을 뻗었다.

스스스슷!

그러자 헹크는 그럴 줄 알았다는 듯 자신을 향해 뻗어오는 벤의 손을 향해 검을 내질렀다.

하지만 그 순간 머리에서 느껴지는 엄청난 고통에 그 시도는 더 이상 이어지지 못했고, 입에서는 자연스럽게 비명성이 터져 나왔다.

"크허허헉!"

더구나 이번에는 벤도 조금도 사정을 봐주지 않고 손에 한 움큼 잡은 머리칼을 그대로 잡아 뽑아버렸기에 헹크는 더욱 큰 고통을 느끼며 그대로 기절하고 말았다.

그 모습에 테이론 백작가의 기사인 톰이 울분을 참지 못하고 항의하듯 소리쳤다.

"신성한 기사의 결투에서 도대체 이게 무슨 짓이오?"

하지만 톰의 항의는 곧바로 파밀론에 의해 막혀 버렸다.

"톰, 자네야말로 뭐하는 짓인가? 그리고 내가 보기엔 정당한 대결이었네. 더구나 헹크는 마지막에 등을 보이고 있는 상대를 공격하기까지 했네. 이제 그만하고 헹크나 데려가서 쉬게 하도록 헤."

"……."

그제야 톰도 헹크의 마지막 공격이 떠올랐는지 아무 말도 하지 못하고 정신을 잃은 헹크를 들쳐 업고 사라졌다.

그러자 이번에는 제이크가 레프를 향해 고개를 숙여 보이며 사과했다.

"저희 기사가 많이 흥분해서 추태를 보였습니다. 죄송합니다."

"아닙니다."

"이해해 주셔서 감사합니다."

그렇게 사과를 마친 제이크는 파밀론과 함께 자신이 배정받은 마차로 돌아갔고, 그것으로 모두의 관심이 집중되었던 벤과 헹크의 결투는 너무나도 어이없는 결과로 끝이 나버렸다.

배정받은 마차로 돌아온 제이크와 파밀론은 조금 전 결투의 어이없는 결과에 대해 무척이나 놀라워했다.

비록 기사가 아닌 마법사였기에 검술에 대해서는 잘 모르지만 상황을 꿰뚫어 보는 데에 있어서는 오히려 웬만한 검사들보다 나은 제이크였다. 그리고 파밀론 역시 익스퍼트 중급으로 헹크와 같은 경지였지만 이제 막 중급으로 올라선 헹크에 비해 높은 실력을 가지고 있는 그였다. 더구나 그의 침착한 성격은 웬만해선 잘 흥분하지 않고 항상 냉정을 유지했기에 상황을 직관하는 능력이 뛰어났다.

그런 제이크와 파밀론의 의견이 일치한다면 그건 어느 정도 사실에 가깝다는 말과 다름없었으니 둘은 더욱더 놀라워할 수밖에 없었다.

"조금 전 헹크 경을 상대했던 자, 정말 대단하더군요."

"그렇습니다. 비록 헹크가 흥분해서 어이없이 패했지만 그렇지 않다고 해도 결과는 마찬가지였을 겁니다."

"저도 파밀론 경과 같은 생각이에요. 적어도 익스퍼트 상급, 아니, 어쩌면 최상급일 수도 있겠더군요."

"아마도 최상급일 확률이 높습니다. 익스퍼트 상급의 실력이라면 아무리 헹크가 흥분했다고 해도 그렇게 어이없이 패하진 않을 것이 분명합니다."

"아, 그렇군요. 그래도 일개 상단의 호위단에 그 정도 실력자가 있다니 말이에요."

"디체이스 자작가가 한때는 대단한 기사 가문이었고, 당시 질풍기사단의 일부 기사들이 호위단의 시초이니 어떻게 보면 놀랄 일도 아닙니다."

"아, 질풍기사단! 그렇겠군요. 어쨌든 디체이스 자작가가 그저 상인이라고 우습게 볼 일만은 아니군요."

"소영주님, 본래 상인들은 우습게 볼 대상이 아닙니다."

"그런가요?"

"어떤 면에선 돈의 힘이 무력만큼이나 대단할 수도 있습니다."

"흠, 그럴 수도 있겠군요."

"더구나 이제 디체이스 자작가가 금력뿐만 아니라 무력마저도 보유하고 있는 것을 알았으니 절대로 적으로 돌려서는 안 될 것입니다. 오히려 친목을 도모해 두면 어려운 때에 분명 큰 도움이 될 것입니다."

"그렇군요. 그럼 내일이라도 오늘의 일을 다시 한 번 사과

해서 혹시 남아 있을지도 모를 앙금을 확실히 털어버려야겠
군요."

"좋은 생각이십니다. 그럼 전 이만 물러갈 테니 오늘은 이
만 쉬십시오."

"파밀론 경도 쉬세요."

파밀론이 나가고 마차에 혼자 남겨진 제이크는 조금 전 파
밀론의 충고대로 아이안 왕국에 들어서기 전까지 반드시 디
체이스 자작가와 친목을 도모해야겠다고 다짐했다.

그렇게 일도 많고 탈도 많았던 하룻밤이 지나가고 또 새로
운 하루가 밝아왔다.

일꾼들과 용병들은 일찍부터 출발 준비와 아침 준비를 위
해 분주히 움직이고 있었다.

이윽고 식사 준비가 다 되자 지금껏 마차에서 따로 식사를
하던 제이크가 오늘은 무슨 일인지 밖으로 나와 레프와 같이
식사를 하기 시작했다.

"어제는 정말 죄송했습니다."

"어제 이미 사과를 하셨고 이미 지난일이라 다 잊었으니
신경 쓰지 마십시오."

"하하, 알겠습니다. 한데 과연 소문대로 디체이스 상단의
호위단 실력은 대단했습니다. 정말 감탄했습니다."

"감사합니다."

아침부터 전날의 일에 대해 다시 한 번 사과를 하는 제이크의 노력 덕분인지 식사하는 동안 레프와의 대화는 무척이나 부드럽게 이어졌다.

뿐만 아니라 전날의 일로 벤을 보게 되면 다시 사고를 치지 않을까 걱정했던 헹크는 무엇 때문인지 얌전했다. 아니, 오히려 조금씩 피하는 듯한 느낌마저도 들었다.

그렇게 모든 일이 나름대로 잘 해결되면서 순탄한 상행이 계속해서 이어졌다.

VELOSTER

제 5 장 뜻밖의 형제

바리타스 산맥에 들어선 지 8일째에 드디어 산맥을 벗어나 아이안 왕국으로 들어선 레프의 상행은 제이크를 비롯한 테이론 백작가의 기사들과 헤어졌다.

제이크는 자신의 외가인 마이어 자작가가 멀지 않으니 들렀다 가달라고 간곡히 부탁했다. 레프는 일정이란 핑계를 대며 한사코 거절했지만 사실은 귀찮아서였다.

결국 제이크는 언제든 테이론 백작가를 찾아달라는 말을 하곤 마이어 자작가로 향했다.

그렇게 불청객이 사라진 레프의 상행이 시작되었고, 한동안은 거의 위험이 없는 지역이기에 일꾼들과 용병들이 좀 더 쉴 수 있도록 많은 배려를 해주었다.

그러자 일꾼들과 용병들의 사기가 올라 오히려 이동 속도가 더욱 빨라졌다.

그 결과 보름 만에 아이안 왕국을 관통해 루시아 왕국으로 넘어설 수 있었다.

흔히 마법의 왕국이라 알려진 루시아 왕국은 그만큼 마법이 발전한 곳이었다. 하지만 고대 마도시대 이후 마법은 점점 쇠퇴해 갔고, 이제는 과거 8클래스, 9클래스는 잊힌 마법이 되었다.

뿐만 아니라 제국이나 마법 왕국이라는 루시아 왕국의 궁정 수석마법사 정도는 되어야 6클래스 마스터가 있을 뿐, 대부분의 왕국들은 5클래스 마스터 정도면 궁정 수석마법사가 될 수 있을 정도였다.

그런 이유로 과거에는 여러 학파가 존재했던 마탑도 지금에 와서는 하나로 통합되어버렸고, 그만큼 루시아 왕국을 제외한 왕국에서는 낮은 클래스의 마법사도 쉽게 보기 힘든 존재가 되어버렸다.

그렇게 루시아 왕국으로 들어선 레프 상행은 정확히 하루가 지나서 첫 번째 도시인 스테라에 도착할 수 있었다.

레프는 도시 내에 세 개의 여관을 통째로 빌려 상행의 인원을 나눠서 투숙시켜 쉴 수 있도록 조치하곤 여관을 나섰다.

"도련님, 어디 가십니까?"

여관을 나서는 레프를 발견한 라이어 행수가 묻자 레프는 아무 대답도 하지 않고 그저 손에 쥔 조그만 종이를 들어 보여준다.

바로 레이첼이 적어준 선물 목록이었는데, 라이어 행수도 이내 그것을 기억해 냈는지 탄성을 터뜨렸다.

"아, 다녀오십시오."

라이어 행수의 인사를 받으며 홀로 여관을 나선 레프가 찾아간 곳은 바로 마탑이었다.

이번 레프의 상행이 마법 왕국인 루시아 왕국을 지나친다는 것을 안 레이첼은 사와야 할 선물 목록에 마법 물품까지 하나 슬쩍 끼워 넣었던 것이다.

마법이 많이 쇠퇴한 만큼 생산되는 마법 물품의 종류와 질 역시도 과거에 비하면 많이 떨어졌다. 그럼에도 마법 물품의 가격은 오히려 더욱 올랐고, 과거에 만들어진 마법 물품의 경우엔 그 가격이 어마어마할 정도로 비쌌다.

다행히 레이첼이 적어준 것은 1클래스 마법인 '클린(clean)'이 새겨진 장신구로 그다지 고가의 제품이 아니었다.

마탑에 들어선 레프는 먼저 마탑 직영 마법 물품점으로 들어섰다. 그러자 화려한 색상의 로브로 마법사 코스프레를 한 여성 점원이 반갑게 맞이해 주었다.

"어서 오십시오. 무엇을 찾으십니까?"

"클린 마법이 걸려 있는 장신구를 찾는데요."

"우선 찾으시는 물품으로는 클린 마법이 영구 저장되어 하루에 두 번 사용하실 수 있는 목걸이와 저장된 횟수만큼 사용할 수 있는 브로치가 있습니다."

"가격은 어떻게 되죠?"

"클린 마법이 영구 저장된 목걸이는 120골드로 조금 고가의 제품이며 마법이 30회 저장되어 있는 제품은 40골드입니다. 물론 30회 모두 사용 후에는 마탑의 어느 지부에서든 충전이 가능하며 충전 비용은 5골드입니다."

여성 점원의 설명에 레프는 살짝 인상을 찌푸렸다.

그것도 그럴 것이, 보통 평민 5인 가족이 한 달을 생활하는 데 고작 10실버 남짓이 들었으니 1골드면 열 가구가 한 달을 생활할 수 있는 액수였다.

물론 마법 물품은 대부분 귀족들이 사용하는 것이니 고가인 것이 당연했지만 120골드라면 귀족에게도 적은 액수라고 할 수만은 없었다. 더구나 아무리 마법이 영구 저장된 물품이라 해도 고작 1클래스 마법 물품이 120골드라면 과한 가격을 넘어 상당한 바가지라 할 수 있었다.

레프의 얼굴이 찌푸려진 것을 본 것인지 여성 점원은 빠르게 다시 설명을 이어갔다.

"이 두 제품이 마음에 드시지 않는다면 좀 더 저렴한 소모성 마법 물품도 있습니다."

"아니, 됐습니다. 혹시 시크릿 상점 입구를 알 수 있을까요?"

"헛!"

여성 점원은 의외라는 듯 살짝 탄성을 터뜨렸지만 이내 상인이라면 기본적으로 보유하고 있는 웃음 잃지 않기 스킬을 최대한 발휘하며 설명을 이어나갔다.

"VIP 고객님이셨군요. 루시아 왕국 내의 마탑 지부의 시크릿 상점은 다른 왕국들과는 달리 VIP 고객님의 등급에 따라 나눠져 있습니다. 먼저 고객님의 등급패를 제시해 주시겠습니까?"

"여기 있습니다."

"헛! 미스릴……."

레프가 품에서 네모난 은빛 패를 꺼내 건네자 여성 점원은 다시 한 번 크게 놀랐지만 이내 마음을 진정시키며 다시 말을 이어나갔다. 하지만 여성 점원의 놀람은 그것으로 끝이 아니었으니…….

"죄송합니다. 미스릴 등급 이시… 헛! 브, 블루 다이아몬드……."

여성 점원은 이제 놀람을 넘어 경악에 가까운 얼굴로 말까지 더듬으며 더 이상 말을 이어나가지 못했다.

그것도 그럴 것이, 마탑은 아주 고가의 마법 물품이나 마도 제국 시대의 희귀한 유물만을 파는 시크릿 상점을 운영하고 있었는데 이곳에 출입할 수 있는 자격이 무척이나 까다로웠다.

우선 마탑에서 판매하는 모든 마법 물품을 5만 골드 이상 구입한 사람을 VIP 고객으로 분류했다. 그리고 VIP 고객을 다시 골드, 미스릴, 루비, 에메랄드, 블루 다이아몬드의 다섯 등급으로 나누어 골드 등급은 금으로 만들어진 등급 패가, 미스릴 등급은 미스릴 판으로 만들어진 등급 패가, 루비와 에메랄드, 블루 다이아몬드의 등급은 미스릴 판에 해당 보석을 박아 만든 등급 패를 발급했다.

또한 각 등급의 자격 조건에 제한을 두었는데, VIP 고객이라면 누구나 골드 등급은 기본으로 받을 수 있었고, 미스릴 등급이 되기 위해서는 마탑에서 판매하는 마법 물품을 구입한 총 액수가 10만 골드 이상이어야 하며, 마탑 직영 상단에 예치되어 있는 금액이 10만 골드 이상을 유지해야 했다.

루비와 에메랄드, 블루 다이아몬드 등급 역시 구입 액수는 미스릴 등급과 동일했지만 예치금이 무려 각각 20만, 30만, 50만 골드 이상을 유지해야 했다. 또한 루비 등급은 후작 이상의 작위를 가진 이, 또는 그에 준하는 능력, 즉 마스터 또는 6클래스 마스터 이상의 마법사라는 최소 자격이, 에메랄드 등급은 각 왕국의 왕족 중에서도 직계만이 가능한 등급이었다. 마지막으로 블루 다이아몬드 등급은 다국적 조직의 수장, 즉 여러 길드의 길드 마스터나 그에 준하는 조직의 수장들에게만 부여되는 등급이었다.

한마디로 금력과 권력, 또는 무력을 동시에 손에 쥔 자만이 가질 수 있는 등급이었기에 실제로 루비나 에메랄드, 블루 다이아몬드의 등급을 받은 이들은 손에 꼽을 정도로 그 수가 적었다.

한데 평범한 귀족의 자제로 보이는 레프가 VIP 고객이란 사실만도 놀라운데 전 대륙에도 몇 되지 않는 블루 다이아몬드 등급 패의 주인이었으니 여성 점원으로서는 놀라지 않는 것이 오히려 이상한 일이었다.

어쨌든 연속된 충격을 받은 여성 점원은 이내 간신히 마음을 추스르곤 블루 다이아몬드 등급 패를 레프에게 돌려주며 입을 열었다.

"등급이 확인되었으니 블루 다이아몬드 등급의 시크릿 상점으로 모시겠습니다."

"그럼 부탁하죠."

이어 여성 점원을 따라 레프는 상점의 안쪽에 연결된 조그만 방으로 안내되었다.

방은 흔한 장식 하나 없이 텅 비어 있었고, 오로지 바닥에 형이상학적인 도형과 문자가 그려진 이동 마법진만이 존재했다.

"마법진 중앙에 서시고 등급 패를 마법진 중앙의 홈에 끼워 맞추시면 해당 등급의 시크릿 상점으로 순간이동됩니다."

여성 점원의 설명대로 따라하자 순간 대기가 공명하기 시작하더니 이내 마법진에서 새하얀 빛이 뿜어져 나왔다.

우우우우웅!

스팟!

빛이 사라지자 어느새 주위는 조금 전 조그만 방이 아닌 무척이나 화려하게 장식된 상점의 내부로 바뀌어 있었다. 그리고 동시에 사십대 후반에서 오십대 초반 정도로 보이는 빼빼 마른 중년인이 은색 로브를 걸친 채 레프를 맞이했다.

"어서 오십시오. 블루 다이아몬드 등급 시크릿 상점 담당자이자 마탑 스테라 지부장 안젤리오라 합니다."

"아, 네."

"우선 마탑 스테라 지부의 블루 다이아몬드 등급 시크릿 상점이 오픈 이후 처음으로 찾아주신 고객님께 감사드립니다."

아무래도 블루 다이아몬드 등급의 주인이 대륙 전체에도 몇 되지 않았기에 어찌 보면 당연한 일이었다.

하지만 레프로서는 그런 사실이 그다지 중요하지 않았기에 곧바로 본론으로 들어갔다.

"현재 어떤 상품이 새로 올라와 있는지 목록을 볼 수 있을까요?"

"고객님께서 언제 시크릿 상점을 방문하셨는지 확인을 위해 먼저 등급 패를 제시해 주시겠습니까?"

"여기 있습니다."

안젤리오라는 마법사의 요구대로 레프는 조금 전 마법진에서 빼낸 등급 패를 건넸다.

그러자 그것을 받아 든 안젤리오 마법사는 등급 패에 무언가 마법을 발동시키더니 이내 다시 입을 열었다.

"고객님께서 마지막으로 시크릿 상점을 방문해 주신 것이 정확히 11개월 전이었습니다. 그럼 그사이 새로 등록된 물품만 확인해 드리겠습니다."

말을 마친 안젤리오 마법사는 두꺼운 서류를 뒤적이더니 이내 다시 말을 이어나갔다.

"총 등록 건수는 모두 네 건이며 분류는 고대 유산이 한 건, 마도제국의 유물이 두 건, 고급 마법 물품이 한 건입니다."

"종류가 어떤 것이죠?"

"고대 유산은 그 효과를 알 수 없는 향기로운 구슬입니다. 무척이나 맑고 청아한 향이 나는 것으로 봐서 몸에 지니는 것으로 추정되기도 하고, 그 강도가 약하고 물렁거리는 것으로 봐서 복용하는 것으로 추정되기도 합니다. 가격은 1만 골드이며 시크릿 상점 판매 기간은 앞으로 1개월 남았습니다."

"흠……."

안젤리오 마법사의 설명에 레프는 침음을 삼키며 잠시 무언가 고민하는 듯하더니 이내 입을 열었다.

"물건을 확인한 후 구입하는 것도 가능한가요?"

"본래는 상품의 도난이나 분실 가능성 때문에 판매가 되는 것이 아니면 본 단에서 가져올 수 없지만 블루 다이아몬드 등급의 고객의 경우에는 가능합니다."

"그럼 먼저 확인을 해보고 제가 생각하는 물건이 맞는다면 구입하는 것으로 하죠."

"알겠습니다."

대답을 마친 안젤리오 마법사는 조그만 판에 마법을 사용해 무언가를 하고 난 뒤 레프를 바라보며 다시 말을 이어나갔다.

"상품은 5분쯤 후에 공간이동을 통해 전송되어 올 것입니다. 그럼 다음 상품을 설명 드리겠습니다. 이번 상품은 마도 제국 유물 두 건으로 본래 한 쌍의 제품이지만 분할 판매도

가능합니다. 마도제국의 한 마법사가 사랑하는 여인을 위해 제작한 한 쌍의 반지로 추정된다고 합니다. 하나의 반지에는 클린 마법이 영구 저장되어 있으며 상급의 마정석을 사용해 하루에 스무 번까지 사용할 수 있는 무척이나 유용한 상품입니다. 또 다른 반지 하나에는 축복이 걸려 있어 심신의 피로를 풀어주는 효과가 있습니다. 또한 이 한 쌍의 반지의 가장 큰 특징은 그 종류를 알 수 없는 특이한 금속으로 만들어졌는데 서로 끌어당기는 힘을 가지고 있어 반지의 착용자는 서로의 위치를 알 수 있는 특별한 기능을 가지고 있습니다. 더구나 드워프가 심혈을 기울여 제작한 것으로 반지 자체만으로도 예술성이 뛰어난 상품입니다. 후우."

상당히 장황한 설명을 마친 안젤리오 마법사는 잠시 숨을 고르고는 살짝 긴장한 얼굴로 다시 말을 이어나갔다.

"다만 예술성과 기능성을 모두 갖춘 마도제국 유물인 만큼 가격이 조금 높습니다. 클린 반지가 3만 골드, 축복 반지가 7만 골드이고, 한 쌍을 모두 구입 시 10퍼센트가 할인되어 9만 골드입니다. 시크릿 상점 판매 기간은 앞으로 3개월 남았습니다."

"호오……."

비록 마도제국의 유물이라 가격이 비싼 것이 조금 흠이긴 하지만 그래도 귀여운 막내 동생 레이첼이 원하던 조건과 정확히 일치하는 물건이 시크릿 상점에 올라와 있자 자연스럽게 레프의 관심을 끌 수밖에 없었다. 더구나 어차피 어머니의 선물도 구입해야 하는 상황인데 다른 하나의 반지에 축복이 걸려 있으니 어머니께 선물로 딱 적당해 보였다.

그러자 레프는 상당히 고가의 물건임에도 불구하고 조금의 망설임도 없이 구입을 결정했다.

"제가 한 쌍 모두 구입하죠. 그럼 나머지 하나도 마저 설명을 부탁드리죠."

"네, 마지막 상품은 엘프의 작품으로 미스릴 실을 하나하나 뽑아 만든 망토로 웬만한 보검이 아니면 뚫을 수가 없어 착용자의 안전을 돕는 한편 온도 조절 마법이 걸려 있어 항상 쾌적한 온도를 유지해 주는 상품입니다. 가격은 5만 골드이며 시크릿 상점의 판매기간은 앞으로 1개월 남았습니다."

"그것도 제가 구입하도록 하죠."

이미 레이첼의 선물을 구입하다 어머니의 선물까지 구입했으니 아버지의 선물 역시 준비해 둬야만 했다. 아무래도 자신의 뒤끝이 작렬하는 성격을 봐서는 분명 아버지와 어머니 역시 그에 못지않으리라 생각했기 때문이다.

"탁월한 선택이십니다. 아, 잠시만요."

그때 마침 처음 설명을 들었던 고대의 유산이 전송되어 왔는지 안젤리오 마법사가 시크릿 상점 안쪽으로 들어갔다.

잠시 후 다시 나타난 안젤리오 마법사의 손에는 상당히 고풍스런 모양의 조그만 상자가 손에 들려 있었다.

"이것이 고대의 유산입니다. 확인해 보십시오. 단 상자를 열게 되면 보존 마법이 해제되는 문제로 상품의 손상을 우려해 10초 동안만 확인이 가능하십니다. 물론 손으로 만지는 것도 안 됩니다."

"그러죠."

대답을 마친 레프는 상자를 건네받아 조심스럽게 뚜껑을 열었다.

'아…….'

순간 청아하고 맑은 향기가 퍼지며 상자 안쪽으로 금빛으로 빛나는 둥근 물체가 그 모습을 드러냈다.

확실히 그 향기나 생김새는 레프의 전생이었던 무림의 소림사의 대환단이나 무당파의 태청단과 같은 영단과 그 특징이 무척이나 흡사했다. 그리고 만약 그것이 틀림없다면 천금을 주고도 구할 수 없는 물건이니 가격이 겨우 1만 골드라면 거저나 다름없는 것이었다.

한데…….

'어라? 한 개가 아니네.'

상자 안에는 한 개만이 들어 있으리라 생각했는데 무려 세 개나 들어 있는 것이 아닌가.

레프는 그야말로 횡재를 한 듯한 기분에 무척이나 신이 났지만 최대한 내색하지 않으려 노력하며 상자의 뚜껑을 닫았다.

"이것 역시 제가 구입하죠."

"하하하, 역시 블루 다이아몬드 등급의 고객님답게 확실히 스케일이 다르십니다. 많은 물건을 구입해 주신 감사의 뜻으로 1클래스 실드 마법이 영구 저장되어 하루에 다섯 번 사용할 수 있는 팔찌 하나를 서비스로 드리겠습니다."

"아, 감사합니다. 그럼 계산해 주세요."

공짜라는 말에 레프는 기뻐하는 모습으로 대답했지만 사실 15만 골드나 되는 물건을 구입한 것치곤 150골드짜리 팔찌 하나는 무척이나 인색한 서비스나 다름없었다.

그래도 어쨌든 세 개나 되는 영단을 거의 공짜나 다름없는 가격인 고작 1만 골드에 구입했다는 사실에 레프는 무척이나 마음이 들떠 있는 상태였다. 물론 아직 영단임이 확실한 것은 아니지만 말이다.

"가격은 모두 15만 골드입니다. 계산은 예치금으로 하시겠습니까?"

"그러죠."

"등급 패를 주시겠습니까?"

레프가 다시 등급 패를 건네자 안젤리오 마법사는 마법을 사용해 들고 있던 판과 등급 패에 무언가를 조정하더니 이내 다시 돌려주었다.

"15만 골드가 차감되어 현재 예치 잔액은 68만 골드 되겠 습니다. 그럼 혹시 더 필요하신 물건이 있으십니까?"

"없어요. 그럼 수고하세요."

등급 패를 돌려받은 레프는 구입한 물건을 챙겨 시크릿 상점을 나섰다.

그제야 혼자 남은 안젤리오 마법사는 희열이 가득한 얼굴로 대소하기 시작했다.

"하하하! 오늘 올린 실적이면 다음 분기 인사이동 때에는 무조건 본탑으로 갈 수 있겠군. 하하하하!"

그렇게 레프와 안젤리노 마법사는 서로가 윈윈하는 아주 만족스러운 거래가 성사될 수 있었다.

마탑의 스테라 지부 시크릿 상점에서의 횡재로 무척이나 만족스러운 쇼핑을 마치고 여관으로 향하는 레프의 입에선 절로 엉터리 노래가 흘러나왔다.

"라라~ 레이첼이 원하는 선물도 준비되었고, 라라~ 덤으로 아버지, 어머니 선물도 준비되었고."

레프에 의해 한순간 레이첼에게 서열이 밀려 버린 디체이스 자작 내외였다. 하지만 그래도 서열에 들지도 못한 누군가에 비하면 무척이나 엄청난 대우라 할 수 있었다.

"라라~ 이제는 상행만 예정대로 끝내… 어라? 가족들 선물도 준비했고 상행도 문제없는데 2% 부족한 이 찝찝한 느낌은 도대체 뭐지?"

엉터리 노래를 부르던 레프는 문득 자신이 무언가 잊고 있다는 찝찝함에 잠시 걸음을 멈추고 생각에 잠겨야만 했다. 그리고 이내 그 원인을 찾을 수 있었다.

"맞다, 제라드! 아, 이 건망증은…….."

레프의 건망증으로 잠시 호적에서 빠졌다가 다시 원상 복귀된 제라드였다. 그러나 문제는 단순히 제라드를 잠시 잊었다는 것이 아니었다.

"제라드 선물을 못 샀네. 아, 지금이라도 다시 가서 적당한 것 하나 사와야 하려나?"

가족들의 선물에서 제라드의 선물만을 준비하지 못한 것이 문제였다. 그렇다고 마탑 지부까지 다시 걸어가자니 무척이나 귀찮은 레프였다.

하지만 문제는 의외로 무척이나 쉽게 해결되었다.

"젠장, 내가 팔찌 하나 서비스로 준다는 말에 헤헤거리지만 않았어도 제라드를 잊고 있지는… 아, 맞다!"

조금 전 상황을 떠올리며 자책하던 레프는 문득 자신이 구입한 물건에서 아직 주인이 결정되지 않은 것이 있음을 떠올릴 수 있었다. 물론 정확히 말하자면 구입한 것이 아닌 서비스로 받은 것이지만 말이다.

어쨌든 레프는 서비스로 받은 팔찌의 주인이 아직 결정되지 않았다는 것을 떠올리곤 제라드를 그것의 주인으로 결정해 버렸다.

"그래, 서비스로 받은 팔찌를 제라드에게 선물하면 되겠군. 마침 실드 마법이 저장된 것이니 제라드도 좋아할 테고."

순식간에 제라드를 서비스 인생으로 만드는 만행을 저지른 레프는 자신의 대처법이 무척이나 마음에 든다는 듯 의기양양한 얼굴로 콧노래를 흥얼거리며 여관을 향해 걸음을 옮겼다.

"라라~ 서비스 팔찌는 제라드 선물! 라라~ 제라드에게 그 사실은 비밀이래요."

여관으로 들어서던 레프는 1층 식당에서 식사를 하고 있는 라이어 행수를 발견하곤 무척이나 기분 좋은 얼굴로 물었다.

"리이어 행수, 별일없었지?"

"다녀오셨습니까?"

"응."

"무슨 기분 좋은 일이라도 있으셨나 봅니다?"

"기분 좋은 일은 뭐, 그저 레이첼 선물 말고도 아버지, 어머니 선물까지 샀거든. 물론 제라드 선물도 절대로 빼먹지 않았고 말이야."

"아, 도련님 선물까지 사셨습니까?"

"그럼, 당연히 제라드 선물도 무조건 샀지. 그럼 난 올라가 볼 테니 수고하라고."

"네, 들어가십시오."

조금 이상한 레프의 어투에 라이어 행수는 살짝 고개를 갸웃하며 대답했다.

그렇게 자신의 방으로 들어온 레프는 곧바로 품에서 조금 전 시크릿 상점에서 사온 고대 유산이 들어 있는 상자를 꺼내 들었다.

이어 상자를 열자 맑고 청아한 향기가 방 안 내부에 은은하게 퍼져 나갔다.

"아, 이 청량한 향기!"

레프는 코까지 벌름거리며 황홀한 표정으로 흥얼거렸다.

단지 냄새를 맡는 것만으로도 머리가 맑아지고 내력을 북돋아주는 듯한 것이 전생의 대환단이나 태청신단과 같은 영단이 틀림없었다.

하지만 만에 하나 마탑의 추정대로 향기만을 위한 물품이고 복용하면 해가 되는 재료를 이용한 것이라면 자칫 문제가 생길 수도 있으니 철저하게 확인해 봐야만 했다.

"음, 일단 이 상자에 보존 마법이 걸려 있다고 했으니 조금 떼서 확인을 해보는 수밖에 방법이 없겠군."

보통 영단의 경우 조금이라도 훼손이 되면 약효가 빠져나가 그 효능이 반감된다고 알려져 있었지만 다행히 보관된 상자에 보존 마법이 걸려 있다고 하니 아무런 문제가 되지 않을 것 같아 쉽게 결정을 내릴 수 있었다.

이어 레프는 허공섭물의 방법을 사용해 영단 하나를 들어 올렸다. 그리고 상자를 열면 보존 마법이 해제되었기에 영단을 내공으로 촘촘히 감싼 채 전체의 1할 정도의 크기를 잘라 내곤 나머지를 도로 상자에 넣고 뚜껑을 덮었다.

"됐군. 그나저나 이걸 누구한테 시험해 보지. 지금 당장 나한테는 더 이상의 내력 증진이 없어 효과가 없으니 아깝고, 이젠 벤도 그다지 도움이 안 될 테고. 그래, 적당한 녀석이 있었군. 이게 영단이 확실하다면 그놈에겐 기연이 될 수도 있는 일이니. 뭐, 만약 아니라면 위험할 수도 있겠지만 그거야 다 그놈 팔자이니 내가 상관할 일은 아니겠지? 그럼 한번 가볼까?"

잠시 고민을 하던 레프는 이내 로이튼을 떠올리곤 당사자의 의사와는 조금도 상관없이 영단 확인을 위한 실험 대상으로 정했다.

그렇게 대상이 정해지자 레프는 곧바로 로이튼의 방으로

향했다.

잠시 후, 로이튼의 방 앞에 도착한 레프는 마치 자신의 방에 들어가듯 조금의 망설임도 없이 방문을 열었다.

벌컥!

한편 상행 중임에도 레프가 알려준 물방울 찌르기 수련에 전념하던 로이튼은 느닷없이 자신의 방문이 열리며 불청객이 난입해 들어오자 깜짝 놀랄 수밖에 없었다.

하지만 그 불청객의 정체가 레프이자 긴장을 풀고 내심 안도의 한숨을 내쉬었다.

"아, 도련님."

"오호, 꽤 열심히 하는데?"

"최대한 노력하고 있습니다."

"성과는 좀 있어?"

"이젠 최소 열 번에 아홉 번은 찌르는 데 성공합니다."

"많이 노력했군. 하지만 열 번이든 백 번이든 천 번이든 무조건 찌를 수 있어야 해."

"최선을 다하겠습니다."

"어쨌든 노력을 했으니 그에 대한 보상이 있어야겠지? 오늘은 그 보상을 주지."

영단 확인을 위한 실험을 한순간 노력에 대한 보상으로 둔갑시키는 레프였다.

하지만 로이튼은 그러한 사실을 모른 채 그저 어리둥절한 얼굴로 반문했다.

"보, 보상이라니 무슨 말이십니까?"

"노력에 대한 보상. 싫어? 싫음 말고!"

로이튼의 반문에 레프는 자세한 설명도 없이 생각할 시간마저 주지 않겠다는 듯 빠르게 몰아붙였고, 그의 의도대로 로이튼은 황급히 대답했다.

"아, 아니, 좋습니다."

"그럼 앉아봐."

"넵!"

"아니, 의자 말고 바닥에 말이야."

레프의 말에 의자에 앉았던 로이튼은 재빨리 바닥으로 내려와 앉았다. 그러자 레프의 지적이 다시 이어졌다.

"아니, 그렇게 말고 이런 자세로."

"아, 알겠습니다."

레프가 바닥에 가부좌를 하고 앉으며 시범을 보여주자 로이튼은 어색하게 그것을 따라했다. 하지만 그것이 쉽게 될 리가 없었고, 결국은 레프의 도움을 받아 어설프게나마 자세를 완성할 수 있었다.

이어 레프는 조금 전 영단에서 잘라낸 조그만 조각을 로이튼에게 건넸다.

"이제 이걸 삼켜."

"도련님, 이게 뭡니까?"

"상이라니까. 질문은 나중에 하도록 하고 일단 삼켜."

"알겠습니다."

꿀꺽!

로이튼은 혹시 레프가 다시 가져가지 않을까 재빨리 영단 조각을 입에 넣고 삼켰다.

그러자 레프가 잔뜩 기대하는 얼굴로 다시 물었다.

"어때?"

"어떻다니 뭐가 말입… 헉! 도련님, 방금 삼킨 것이 갑자기 마나 덩어리로 바뀌었습니다."

'그렇다면, 흐흐……'

로이튼의 말에 고대의 유산이 영단이 틀림없자 내심 쾌재를 불렀다. 그리고 이제 앞으로 여벌의 목숨을 세 개나 가진 셈이 되었으니 최소한 세 번의 객기는 부려볼 수도 있겠다는 어이없는 생각을 하는 레프였다.

하지만 지금 중요한 것은 영단 조각을 먹은 로이튼이 그 약효를 모두 흡수하도록 돕는 것이었기에 레프는 기쁜 마음을 진정시키곤 다시 입을 열었다.

"내가 도와줄 테니 이제 어서 내공, 아니, 마나 호흡법으로 마나를 흡수해."

"도련님, 마나 호흡법이라니 무슨 말이십니까?"

'아차, 여긴 몇몇 가문 빼곤 심법이 없는 걸 깜빡했네. 젠장, 이놈의 건망증은. 이럴 줄 알았으면 그냥 벤에게 실험할걸.'

마나 수련법이 따로 없다는 가장 중요한 사실을 잊고 있던 레프는 이대로 가다간 영단 조각을 하나도 흡수하지 못하고 날려 버릴 수밖에 없을 것 같아 할 수 없이 전생의 기억에 남아 있는 해남검파의 입문 심법을 전수하기로 마음먹었다.

결국 레프의 건망증은 로이튼이 엄청난 기연을 얻게 되는 결과를 만들었다. 또한 혈도에 대해 일일이 설명하기도 귀찮고 시간도 없었기에 곧바로 말했다.

"지금부터 내가 마나를 이끌어 줄 테니 그 길을 잊지 말고 잘 기억해 두도록. 결코 두 번 가르쳐 주는 일은 없을 테니 말이야. 그리고 지금부턴 무슨 일이 있어도 절대 입을 열면 안 된다는 것을 명심하도록."

시간이 촉박해 혈도에 대해 일일이 설명해 줄 수 없는 관계로 직접 마나를 인도하기로 마음먹은 레프는 빠르게 주의 사항을 얘기해 주곤 로이튼의 등에 손을 댄 채 한 가닥 내공을 불어넣었다.

이어 영단 조각에서 뿜어져 나오는 마나를 해남검파의 기초이자 입문 심법인 일원심법의 구결대로 인도하기 시작했다.

'허, 대단하군. 겨우 1할에 해당하는 조각이 이 정도라니. 이건 대환단이나 태청신단에 비할 바가 아니었군. 어쨌든 지금은 그게 중요한 것이 아니지.'

일원심법의 혈도 경로대로 마나를 인도하던 레프는 영단 조각에서 뿜어져 나오는 마나의 양이 예상을 넘어서자 내심 놀라워하는 한편 더욱더 정신을 집중해 마나를 인도해 나갔다.

그렇게 얼마의 시간이 지나고 비로소 일원심법의 구결대로 일주천을 끝낼 수 있었던 레프는 로이튼의 등에서 손을 떼고 일어섰다.

하지만 로이튼은 여전히 가부좌를 한 채 무아지경에 빠져 레프가 인도해 준 길을 따라 운기에 집중하고 있었다.

레프는 그 모습을 보고 허탈한 웃음을 흘렸다.

"훗, 운이 좋은 녀석이네. 내 건망증으로……."

레프는 뒷말을 채 끝맺지 못한 채 로이튼의 방을 나섰다. 물론 벤으로 하여금 호법을 서게 하는 것도 잊지 않고 말이다.

건망증이라는 아주 우연하고도 아주 작은 요소로 인해 커다란 기연을 얻게 된 로이튼은 레프가 방을 나가고 한참이 지난 후에야 운기를 마치고 눈을 떴다. 이어 평소와는 크게 다른 느낌에 무척이나 놀랄 수밖에 없었다.

"이, 이게 대체……."

온몸에선 활력이 끊임없이 솟구쳤고 정신은 평소와 달리 무척이나 맑았다. 더구나 몸 안의 마나가 이전과 비교 자체가 불가능할 정도로 엄청나게 증가해 있는 것이 아닌가.

마나의 양으로만 따지면 익스퍼트 상급, 아니, 최상급은 되어 보였다. 거기다 더욱 놀라운 것은 늘어난 것이 마나의 양만이 아니라는 점이었다. 그 정순함 또한 이전과는 무척이나 달랐다.

순간 이것이 아직 실제로 만나본 적도 없고 말로만 들었지만 마스터의 경지가 아닐까 하는 생각이 로이튼의 머리를 스쳤다.

"서, 설마 내가 마스터……?"

소드 마스터!

'검의 지배자', 혹은 '검의 절대자'라 불리며 최강의 무기인 오러 블레이드를 만들 수 있는 검을 쥔 자라면 누구라도 꿈꾸는 경지다. 더구나 그로디아 대륙에 단 열한 명만이 존재하여 어느 왕국, 아니, 제국에 가더라도 백작 이상의 대우를 받을 수 있었다.

그런 엄청난 경지에 자신이 올라섰다 생각하니 로이튼은

경악하지 않을 수 없었다.

하지만 아무리 대단한 영단이라 한들 그것을 먹었다고 쉽게 소드 마스터가 된다면 대륙에 소드 마스터는 넘쳐날 것이 분명했다. 그리고 그것을 증명이라도 하듯 로이튼의 행복한 착각을 산산이 부숴주는 친절한(?) 음성이 느닷없이 들려왔다.

"마스터는 개뿔!"

"헛! 누구……?"

순간 깜작 놀란 로이튼은 잔뜩 긴장한 얼굴로 음성이 들려온 방향을 향해 고개를 돌렸다. 그러자 언제부터였는지 자신을 바라보고 있는 벤을 발견하곤 그제야 내심 안도의 한숨을 내쉬었다.

"아……."

"무슨 마스터가 그저 마나만 많으면 개나 소나 다 되는 줄 아슈. 아마도 대장한테 마나 수련법이라도 배운 모양인데 단지 마나 수련법만을 익혔다고 단번에 마나양이 크게 늘어나는 것이 아니우. 그건 그저 갑자기 마나가 정순해져서 순간적으로 마나의 양이 엄청나게 늘어난 것으로 착각하는 것뿐이우. 내가 보기엔 이제 간신히 익스퍼트 최상급에 한 발 정도 담갔구만. 아니, 한 발은 너무 많은가? 반 발이라 해야 하나?"

조금 통명스런 말투와는 달리 꽤나 자세한 벤의 설명에 로이튼은 비로소 자신의 경지를 제대로 알 수 있었다. 또한 그 동안 막연히 마스터일지도 모른다고 짐작만 하던 벤의 경지 역시 어느 정도 확신할 수 있었다.

하지만 지금 로이튼에게 무엇보다 중요한 것은 그가 도대체 언제부터, 또 왜 자신의 방에 있는 것인지였다.

"한데 제 방엔 무슨 일로……?

"대장이 시켰수. 여기서 보초 좀 서라고 말이우."

"아…….."

그제야 어느 정도 상황을 파악한 로이튼은 지금껏 벤이 자신을 지켜주었다는 사실을 깨달을 수 있었다.

"감사합니다."

"그거야 당연한 거고, 앞으로 아침저녁에 한 번씩 방금 했던 마나 호흡법을 하라고 했수. 물론 아무도 없는 안전한 곳에서 말이우. 마나 수련 중에 누군가 몸을 건들면 큰일 나니 말이우."

"알겠습니다."

"그럼 난 이만 가볼 테니 수고하슈."

"네."

어느새 로이튼의 말투와 태도는 무척이나 조심스러워져 있었다.

그것도 그럴 것이, 마스터는 검을 잡은 모든 이에게 경외의 대상이자 목표였다. 그리고 그것은 로이튼 역시 다르지 않았다. 그러니 마스터라 확신되는 벤을 대하는 로이튼의 태도가 조심스러워지는 것은 어찌 보면 당연한 일이었으리라.

그렇게 벤이 방을 나가자 로이튼은 몸을 다시 한 번 확인하며 자신의 경지를 다시 음미해 보았다.

"아, 그런 것이었어."

확실히 벤의 설명대로 느껴지는 마나의 양이 처음과는 달리 엄청 적었다. 하지만 그래도 본래 자신의 마나에 비하면 엄청난 양이 증가되어 있었다. 그리고 그 이유가 마나 호흡을 하기 전 먹었던 그것에 있음을 깨달을 수 있었다.

그러자 자신이 먹은 그것이 얼마나 귀한 것인지 짐작할 수 있었고, 그런 보물을 아무런 조건없이 자신에게 준 레프에 대해 무한한 존경과 신뢰를 느낄 수 있었다.

'감사합니다, 제 영혼의 주군이시여!'

누군가에게 보여주는 것이 아닌 자신의 영혼에 대한 맹세로 레프에게 충성을 다짐하는 로이튼이었다. 그리고 그저 단순한 영단 실험으로 레프는 자신도 모르는 사이 로이튼이라는 충성스런 기사를 얻게 되었다.

MELOSTER

제6장 우연한 인연

아이안 왕국의 스테라를 출발한 이후로 레프의 상행은 지루하다 싶을 정도로 별다른 사고없이 무척이나 순조롭게 일정을 소화해 나갔다.

물론 베르시아 제국으로 통하는 관문으로 몬스터의 분포가 높아 이전에 지나쳤던 바리타스 산맥에 비해 몇 배나 위험한 페르티아 산맥을 통과해야 했지만 지금까지 그랬던 것처럼 단 한 차례도 몬스터와 조우하지 않았다.

그 결과에 상행의 일꾼들은 물론이고 용병들과 호위단원들까지도 놀라워하는 한편 무척이나 기뻐했다.

그것도 그럴 것이, 몬스터 산맥이라 불리는 레이트라 산맥에 비할 바는 아니지만 그래도 충분히 위험하다고 알려진 페르티아 산맥이었기에 지금까지 상당한 피해를 감수하며 통과해야 했던 악명 높은 코스를 아무런 피해도 입지 않고 통과했으니 당연한 반응이었다.

그렇게 페르티아 산맥을 벗어난 레프의 상행은 헌트리스라는 마을에서 하루 묵어가기 위해 이동을 멈췄다.

헌트리스 마을은 페르티아 산맥의 초입 경계 부분에 위치한 마을로 주민 모두가 뛰어난 사냥꾼으로, 일종의 사냥꾼의 마을이었다.

그들은 주로 페르티아 산맥의 초입 부분을 돌아다니며 고블린이나 코볼트와 같은 하급 몬스터를 비롯해 곰이나 늑대와 같은 야수들을 사냥했다. 더구나 사냥으로 얻은 부산물을 그대로 처분하지 않고 사냥을 위해 여러 종류의 덫을 설치하면서 생겨난 손재주를 이용해 가공해서 파는 방법으로 생계를 유지했다.

특히 곰과 늑대 같은 야수들의 날카로운 어금니를 특수한 방법으로 가공한 것에 세공을 한 장신구는 제국을 넘어 대륙 전체에 널리 알려진 헌트리스 마을만의 특산품이었다.

레프의 상행이 헌트리스 마을에서 하루 묵어가는 것은 때마침 날이 어두워져서이기도 했지만 레이첼이 적어준 선물 목록에 이 헌트리스 마을의 특산품이 당당히 자리하고 있었기 때문이다.

레프는 헌트리스 마을에 존재하는 두 개의 커다란 여관의 비어 있는 방을 모두 빌리는 것으로도 부족해 일부 마을 주민들에게 상당한 액수를 지불하고 그들의 집까지 빌리고서야 상행의 모든 인원에게 다소 비좁더라도 노숙을 면할 수 있도록 해주었다.

이윽고 어느 정도 정리가 되자 레프는 마을 구경과 가장 중요한 목적을 위해 여관을 나섰다.

"도련님, 어디 가십니까?"

팔랑팔랑~

"아, 다녀오십시오."

레프가 여관을 막 나서는 순간 라이어 행수가 행선지를 물어왔지만 레프는 손에 든 종이를 가볍게 흔들어 보여주는 것으로 대답을 대신하며 계속해서 걸음을 옮겼다.

그렇게 시작된 레프의 헌트리스 마을 구경은 한참 동안이나 계속되었다.

예상과는 달리 헌트리스 마을은 무척이나 컸다. 마을의 중심가라 할 수 있는 곳에는 여러 상점의 지부는 물론이고 온갖 종류의 물품을 파는 상점들이 자리하고 있었다.

그리고 보니 거리를 지나는 사람들의 복장이 여행객이나

용병의 것들이 대부분이었다.

레프는 먼저 레이첼이 적어준 선물을 구입하기 위해 쭉 늘어서 있는 상점 중 하나를 골라 들어갔다.

"어서 오십시오. 저희 원조 헌트리스 마을 특산품 상점을 방문해 주셔서 감사합니다."

'오, 대단한걸.'

덥수룩하게 자라난 구레나룻에 흡사 산적과도 같은 외모를 한 상점 주인이 외모와는 어울리지 않게 무척이나 빠르고 능숙하게 상당히 긴 환영 인사를 토해내자 레프는 내심 감탄하지 않을 수 없었다.

그 모습에 레프를 어수룩한 여행객으로 판단한 상점 주인이 희미한 미소를 띠며 다시 입을 열었다.

"손님, 무엇을 찾으십니까?"

"아, 동생에게 선물할 만한 이곳 특산품을 사려고 하는데요."

이런 곳에서 귀족임을 내세워 봐야 바가지만 쓴다는 사실을 여러 경험을 통해서 이미 잘 알고 있는 레프는 그저 평범한 여행객 행세를 했다.

더구나 화려한 것을 좋아하지 않았기에 마침 레프가 입고 있던 여행복도 조금 부유한 평민 정도면 입을 수 있을 만한 것이었다.

그런 레프의 의도대로 상점 주인은 그가 귀족이라는 사실을 전혀 알아차리지 못한 채 어떻게 하면 최대의 이익을 낼 수 있을지 빠르게 머리를 회전시키고 있었다.

나름 상도덕을 중시하는 상점 주인은 상도의에 어긋나는 바가지 씌우는 행위를 무척이나 싫어했다. 대신 자신의 최대 장점인 화려한 달변과 마치 옆집 아저씨와 같은 구수한 인상을 이용해 고객으로 하여금 최대한 비싼 상품을 구입하도록 만드는 방법을 좋아했다. 물론 그가 생각하기에 지금까지는 그러한 방법이 무척이나 잘 통했고 말이다.

어쨌든 상점 주인은 그러한 자신의 계획을 위해 최선의 노력을 다했다.

"아, 그러십니까? 우선 저희 헌트리스 마을의 특산품들을 보여드리죠."

말을 마친 상점 주인은 진열대에서 여러 가지 물건을 가져와 레프 앞에 늘어놓았다.

곰의 어금니를 가공한 것부터 늑대의 어금니로 된 것, 고블린이나 코볼트의 뼈로 만들어진 것까지 그 종류가 무척이나 다양했는데, 모두 목걸이의 형태를 하고 있었다. 또한 그 줄 역시도 가죽으로 된 것부터 금이나 은과 같은 귀금속으로 된 것까지 여러 종류가 있었다.

'흠, 그래도 여자아이니까 가죽보단 금이나 은이 좋을 테

고, 아무래도 비싼 것이 좀 더 고급스러워 보일 테니 은보단 금이 더 좋겠지?'

막내동생에 대한 사랑으로 단순해질 대로 단순해진 레프는 그저 비싼 것이 더 좋은 것이라는 고금 무식의 진리대로 무척이나 간단하게 결정을 내렸다.

"이건 가격이 어떻게 되죠?"

잠시 고민을 하던 레프가 늘어놓은 것 중 가장 고가품을 가리키며 가격을 물어오자 상점 주인은 상대가 어느 정도 수중에 돈이 넉넉하다는 것을 파악하곤 내심 쾌재를 불렀다.

"손님, 혹시 여동생분의 선물이십니까?"

"아, 어떻게……?"

레프가 살짝 놀라는 얼굴로 반문하자 상점 주인이 얼굴 가득 부드러운(?) 미소를 지으며 다시 말을 이어나갔다.

"아무래도 활동적인 남자의 경우 끊어지기 쉬운 금이나 은보단 가죽이나 쇠줄을 선호합니다. 반면 미적 감각을 중시하는 여성의 경우 아름답게 빛나는 금이나 은을 더 선호하고 말입니다. 한데 손님께서 금줄을 선택하셨기에 당연히 선물을 받으실 분이 여성이라 생각했습니다."

"아, 그렇군요."

그제야 레프가 고개를 끄덕이며 대답하자 좀 더 고가의 상품을 추천하기 위해 기회를 노리던 상점 주인이 재빨리 입을 열었다.

"한데 여동생분께 선물하시는 거라면 좀 더 괜찮은 물건이 있는데 한번 보시겠습니까?"

"보여주시죠."

주인의 제안에 레프는 생각할 필요도 없이 곧바로 대답했다.

그러자 주인이 한순간 밝아진 얼굴로 진열장에서 다시 몇몇의 물건을 꺼내 레프 앞에 늘어놓기 시작했다.

이번 것들은 보기에도 이전의 것들보다 좀 더 화려한 것이 확실히 더욱 비싸고 좋아보였다.

"먼저 이건 저희 헌트리스 마을의 특산품에 마법적인 처리를 하여 은은하게 빛을 내는 상품입니다. 지금은 그리 어둡지 않아 그다지 눈에 띄지 않지만 조금만 어두운 곳이라면 은은하게 흘러나오는 아름다운 빛으로 환상적인 모습이 연출될 것이 분명합니다."

"그렇군요."

과연 상점의 내부가 밝아 그리 표지는 나지 않았지만 어두운 곳에서라면 확실히 효과가 있을 듯싶자 레프는 고개를 끄덕이며 긍정을 표시했다.

그러자 상점 주인이 또 다른 물건을 가리키며 다시 말을 이어나갔다.

"이것 역시 마법적인 처리를 한 것으로 은은한 향기가 흘러나오는 상품입니다. 그래서 이것을 착용한 여성의 주변에는 은은한 향기가 머물게 됩니다. 뭐, 들리는 소문에는 벌이 이것을 착용한 여성을 꽃으로 착각하고 날아드는 일도 있었다고 합니다. 하하하!"

"정말 향기가 나는군요."

"그렇습니다. 이제 마지막으로 소개해 드릴 이 상품은 그야말로 많은 여성분에게 이미 인기몰이를 한 상품입니다."

"어떤 거죠?"

"이 상품은 청결을 중시하는 여성에게는 아주 필수 상품으로 클린 마법이 저장되어 하루 한 번 사용할 수 있는 제품입니다. 다만 마법이 영구 저장되어 있어 그 가격이 조금 고가입니다."

이미 레이첼의 선물 목록에도 당당히 한 칸을 자리하고 있는 것이 바로 클린 마법이 저장된 장신구였다. 그렇기에 상점 주인의 설명이 더욱 설득력있게 느껴졌다.

"아, 그렇군요."

"천천히 생각해 보시고 결정하시죠."

"네."

무엇을 선택할지 잔뜩 고민하는 것이 얼굴에 모두 드러난 레프를 보며 상점 주인은 만족스런 미소를 지었다.

사실 상점 주인에게는 아직 레프에게 소개하지 않은 상품이 하나 더 존재했다.

　바로 세 가지 효과를 합쳐 놓은 상품인데 본래는 손님이 한창 고민을 할 때 소개해서 가장 고가인 마지막 상품을 팔아먹는 것이 그가 주로 사용하는 방법이었다.

　한데 지금까지 보여준 레프의 반응이 왠지 마지막 상품을 소개하지 않으면 세 개의 상품을 모두 팔 수 있을 것 같은 느낌이 강하게 들었기에 평소와는 달리 마지막 상품을 소개하지 않는 것으로 급하게 계획을 바꾼 것이다.

　그런 상점 주인의 의도는 본래대로라면 정확했을 것이다. 다만 이미 클린 마법이 저장된 반지를, 그것도 마탑의 시크릿 상점에서 마도제국의 유물로 구입한 레프로서는 더 이상 클린 마법이 저장된 장신구가 필요치 않은 관계로 문제가 생겼다.

　"이것으로 하죠. 얼만가요?"

　잠시 고민을 하던 레프가 예상과는 달리 하나를 선택하자 상점 주인은 내심 당황할 수밖에 없었다. 하지만 이대로 하나의 상품만을 팔아야 한다면 가장 고가의 상품으로 팔아야 한다는 생각에 상점 주인은 빠르게 정신을 추스르고 본래의 계획대로 다시 변경했다.

　"손님, 제가 잠시 잊고 소개해 드리지 못한 상품이 하나 더 있었네요."

"어떤 거죠?"

레프가 관심을 보이자 상점 주인은 재빨리 마지막 상품에 대한 설명을 시작했다.

"이 상품이야말로 저희 헌트리스 마을 특산품의 최종 결정 판이라 할 수 있습니다. 이 상품 하나면 앞서 소개해 드렸던 세 가지 상품의 효과가 모두 가능해지는 것이죠. 어떻습니 까?"

"아, 그런가요? 그럼 이걸로 하죠."

"역시 탁월한 선택이십니다."

단 1초의 머뭇거림도 없이 바로 결정을 내려 버리는 레프의 모습에 상점 주인의 얼굴에는 잠시 사라졌던 미소가 다시 떠올랐다.

바로 그때 누군가의 음성이 들려왔다.

"형씨!"

갑자기 들려온 음성에 레프는 호기심 어린 얼굴로 음성이 들려온 방향으로 고개를 돌렸다.

그러자 이십대 중, 후반 정도의 사내가 재미있다는 듯 싱글 거리는 얼굴로 자신을 바라보고 있는 것이 아닌가.

이미 그가 자신이 처음 상점에 들어섰을 때부터 조용히 진열대에 진열되어 있는 상품들을 신중하게 살펴보고 있었다는 것을 알고 있었기에 레프는 그가 갑자기 자신을 부른 이유가 내심 궁금해졌다.

"저 말인가요?"

"그렇소."

"한데 무슨 일이시죠?"

"다른 건 아니고 그저 형씨가 한 가지 알아둬야 할 것이 있는 것 같아서 말이오."

"그게 뭐죠?"

"듣자 하니 여동생 선물을 고른다고 하는 것 같던데 먼저 알아둬야 할 것이 진짜 헌트리스 마을의 특산품을 원하는 것인지 아니면 장신구를 원하는 것인지가 무척 중요하다 할 수 있소."

"그게 어째서 중요하단 거죠?"

레프가 의아한 얼굴로 묻자 사내가 피식 웃으며 다시 입을 열었다.

"훗, 아주 중요하다 할 수 있소. 헌트리스 마을은 사냥꾼들이 모여 생겨난 마을이오. 그것도 몬스터 산맥인 레이트라 산맥 다음으로 꼽는 악명이 자자한 페르티아 산맥에 있는 마을이오. 그만큼 사냥에 큰 위험이 따르는 것은 당연하고 말이오. 그러다 보니 사냥꾼들 사이에서는 사냥한 늑대나 곰의 어금니를 가죽에 꿰어 목에 걸고 다니는 것을 자신의 목숨을 지켜주는 행운의 징표처럼 여기기 시작했던 것이오."

잠시 말을 멈춘 사내는 자신의 설명에 집중하고 있는 레프의 모습에 신이 난 듯 설명을 이어 나갔다.

"그것이 세월이 흐르면서 주술과 접목되어 야수들의 어금니를 특수하게 가공해 부적을 새겨 넣게 되었고, 그럼으로써 목숨뿐만 아니라 저주와 불운까지도 막아주는 하나의 진짜 부적으로 발전된 것이오. 그저 장신구로 사용하려 했다면 같은 가격으로 얼마든지 더욱 아름다운 장신구를 구입할 수 있는데 굳이 헌트리스 마을의 특산물을 원하겠소?"

"아······."

그제야 사내가 말하려는 것이 무엇인지 깨달은 레프가 나직하게 탄성을 터뜨렸다.

"그리고 부적의 목줄 또한 활동성이 강한 남성이야 잘 끊어지지 않는 가죽이나 쇠줄로 할 수밖에 없겠지만 여성의 경우엔 저주 마법에 어느 정도 내성이 존재하는 은으로 하는 것이 일반적이라 할 수 있소. 그리고 마지막으로 형씨에게 한 가지 조언을 해주자면 이런 곳에선 진짜 헌트리스 마을의 특산품을 구할 수 없소."

"그럼 어디에서?"

"밖으로 나가면 좌판을 깔아놓고 장사를 하는 원래 헌트리스 마을의 주민들이 있을 것이오. 그들에게서 구입할 수 있을 것이오."

"아, 감사합니다. 그럼 전 동생 선물을 구입하러 가봐야겠 군요."

"아무래도 나 역시 어서 나가봐야겠소."

사내의 말에 레프가 살짝 의아한 얼굴을 보이자 사내가 눈 짓으로 상점 주인을 가리키며 황급히 상점을 나갔다.

그제야 산적을 연상하는 상점 주인의 얼굴이 더욱더 험악 하게 구겨진 채 불타오르는 것을 발견할 수 있었고, 레프 역 시 서둘러 상점을 나섰다.

그렇게 상점을 나선 레프는 사내의 조언대로 거리에 좌판 을 펼치고 장사를 하는 노인에게서 진짜 헌트리스 마을의 특 산물을 구입할 수 있었다.

레이첼의 선물 목록의 헌트리스 마을 특산품 퀘스트를 낯 선 사내의 도움으로 무사히 마친 레프는 무척이나 여유로운 마음으로 잠에 들 수 있을 듯싶었다. 하지만 그러한 생각과는 달리 왠지 쉽게 잠이 오지 않았다.

결국 잠자리에서 한참을 뒤척이다 더 이상 잠자기를 포기 한 레프는 문득 한 잔의 술이 생각나 여관 1층 식당으로 향했 다.

다행히 꽤 늦은 시간이었음에도 식당은 아직 영업을 하고 있었고, 몇몇 테이블에는 이미 술을 마시고 있는 이들도 있었다.

레프가 식당의 한쪽 자리로 가 앉자 점원이 주문을 받기 위해 다가왔다.

"주문하시겠어요?"

"술하고 간단한 안주."

"술은 어떤 걸로 드릴까요?"

"흠, 아무거나 독한 걸로."

"네, 잠시만 기다리세요."

주문을 받은 점원이 돌아가고 순간 할 일이 없어지자 레프는 자연스럽게 식당 내부를 둘러보았다.

그러다 레프의 시선이 바로 앞 테이블에서 홀로 술잔을 기울이고 있는 사내에게서 멈춰졌다.

'어, 저 사람은?'

바로 레이첼의 선물을 구입할 때 도움을 준 사내였다.

그저 단 한 번 안면이 있을 뿐이었음에도 반가운 마음이 들자 레프는 자리에서 일어나 사내에게로 다가갔다.

"여기서 또 만나는군요."

갑자기 들려온 음성에 홀로 술을 마시던 사내가 고개를 돌렸다. 그리고 사내 역시 레프를 단번에 알아보았다.

"아, 아까 상점……?"

"아까는 감사했습니다."

"뭐 별로 대단한 일은 아니지만 어쨌든 형씨에게 도움이 되었다니 다행이오. 한데 동생 선물은 구입했소?"

"다행히 제대로 된 선물을 구입할 수 있었죠."

그렇게 레프와 사내가 상점에서 있었던 일에 대해 간단히 인사를 나누고 있을 때 점원이 술과 안주를 가지고 왔다.

"손님, 주문하신 술과 안주가 나왔는데 어떻게 할까요?"

"아까 도움 받은 답례로 제가 술 한잔 사도 될까요?"

"답례를 바라고 한 일은 아니지만 형씨의 마음을 거절할 수는 없지 않소?"

점원의 물음에 레프가 조심스럽게 의향을 묻자 사내 역시 단번에 승낙했다. 그리곤 점원이 놓고 간 술과 안주를 보더니 사내가 다시 입을 열었다.

"이거 조그만 도움에 대한 답례로 이럽션을 맛볼 수 있다니 오늘 내가 운이 대단히 좋은 것 같소."

"그런가요? 아무럼 어떻습니까?"

사내의 말대로 조그만 도움의 대가치고 이럽션은 상당히 비싼 술이라 할 수 있었다. 물론 그 기준이 귀족이 아닌 평민 수준에서 말이다.

어쨌든 레프가 주문한 술로 둘은 무척이나 화기애애한 분위기 속에서 술자리를 시작할 수 있었고, 이럽션이 꽤나 독한 술이긴 했지만 금방 그 바닥을 드러냈다. 이어 점원이 다시 가져온 또 한 병의 이럽션도 그 양이 빠르게 줄어들어 갔다.

"형씨, 술맛도 좋고 분위기도 좋고 다 좋은데 우리 말투는 너무 딱딱한 것 같지 않소?"

"그것도 그렇군요."

"보아하니 나하고 나이도 얼추 비슷할 것 같은데 우리 그냥 친구 하는 것이 어떻겠소?"

"친구라……."

"솔직히 형씨나 나나 오늘 보고 언제 또 보게 될지 모르지만, 아니, 죽을 때까지 다시는 못 볼 수도 있겠지만 마음이 맞고 같이 있어 즐겁다면 단 하루를 사귀어도 친구라 할 수 있는 것 아니겠소?"

"마음이 맞고 같이 있어 즐겁다……. 그렇군."

술 때문인지 아니면 분위기 때문인지 레프의 마음속 깊은 곳에 존재하는 경계의 벽이 쉽게 허물어졌다. 그리고 그것은 사내 역시 마찬가지였으리라.

"그럼 이제 우린 친구인 건가?"

"그래. 한데 그러고 보니 우린 아직 서로 이름도 모르고 있었네."

"이름 그게 무에 중요한가. 친구라는 이름에는 더 이상 아무엇도 필요치 않다네."

레프의 말에 사내가 빠르게 대답했다.

"그렇군. 그것도 맞는 말이야."

"하하하! 그럼 이제 친구가 된 기념으로 한잔해야지."

"그래."

레프와 사내는 두 번째 이럽션 역시 빠르게 비워 나갔고, 점원은 다시 세 번째, 네 번째 이럽션을 빠르게 가져다 줘야 했다.

둘은 그것들을 빠르게 비워가며 점차 취해갔고, 어느새 술 자리는 서서히 마무리되어갔다.

바로 그때 사내가 레프를 향해 지금까지와는 다르게 진지 한 얼굴로 입을 열었다.

"친구, 내가 마지막으로 충고 하나 해도 되겠나?"

"뭐든지 해보라고. 절대 화내지 않을 테니."

"자넨 마음을 여는 방법이 너무 서툴러. 마치 마음속 깊은 곳에 두꺼운 벽으로 자신을 가두고 있는 것 같다고 해야 하 니. 한데 때로는 무조건 가둬놓는 것만이 능사는 아니란 사실 도 알아야 하네."

"……."

사내의 충고에 레프는 순간 아무 말도 할 수 없었다.

사실 레프는 집으로 돌아온 뒤 가족들과 자신과의 사이에

묘한 어색함을 줄곧 느끼곤 했다. 다만 귀찮게 느껴질 정도로 자신을 찾아와 보채고 재잘대는 레이첼에게서만 그러한 어색함이 느껴지지 않았다.

그래서일까, 레프는 집으로 돌아와 처음 보는 레이첼에게서 더욱더 가족의 느낌을 찾을 수 있었고, 그러다 보니 어느새 가족을 생각하면 가장 먼저 떠오르는 것이 레이첼이었다.

한데 사내의 충고를 듣고 보니 레프는 그동안 자신이 가족들에게서 느껴졌던 어색함의 원인이 그저 13년 만에 돌아온 레프와 과거 15년 동안 알던 레프가 전혀 다른 사람처럼 느껴지는 데서 오는 가족들의 어색함이 그대로 전달되었던 것뿐이란 사실을 깨달았다.

반면 과거의 레프를 전혀 모르는 레이첼만은 어색함을 느끼지 못하고 있으니 당연히 그에게 전달될 어색함이 전혀 없었던 것이다.

결국 모든 문제의 원인은 자신의 마음 깊숙한 곳에선 아직까지도 전생의 기억을 완전히 떨쳐내지 못하고 있음을 깨달을 수 있었다. 그리고 이제 원인을 알았으니 해결 방법을 찾는 것은 그리 어려운 문제가 아니었다.

순간 레프는 비로소 머릿속이 조금은 환해지는 것을 느꼈고, 그런 그의 모습을 보며 사내가 다시 입을 열었다.

"이제야 뭔가 좀 알았나 보군. 어쨌든 이제 어느 정도 기분 좋게 술도 취했고 그만 일어나 봐야겠군. 언제가 될지 모르지만 다시 만나게 된다면 그때 서로의 이름을 알려주는 것으로 하자구, 친구."

"그게 언제가 될진 모르지만 자네도 그때까지 잘 지내게."

"친구, 자네 역시 그때까지 잘 지내게."

"그래."

그렇게 간단하게 작별 인사를 마친 레프와 사내는 이내 각자 자신들의 방으로 돌아갔다.

다음날 상행의 출발 준비가 한창 바쁜 가운데 잠에서 깨어난 레프는 전날 밤 술잔을 기울이며 이름도 모른 채 친구가 되어버린 사내가 혹시 아직 있는지 여관 주인을 통해 알아보았다.

그리고 예상대로 사내가 아침 일찍 헌트리스 마을을 떠났다는 사실을 알게 되었다.

"친구라……."

가만히 생각해 보니 지금까지 자신에게 친구라 부를 만한 존재가 단 하나도 없었다. 벤도 어떤 의미에서는 친구라 할 수도 있겠지만 둘의 관계는 결코 친구가 될 수 없었다. 그리고 처음으로 친구라 부를 만한 존재는 이름도 모르고 언제 다시 볼 수 있을지도 알 수 없다는 사실에 문득 자신이 무척이나 처량하게 느껴졌다.

"후, 이제야 하나 생긴 친구 이름도 모르다니 나도 참 인생 불쌍하게 살았네."

"대장, 그게 무슨 소리우? 대장이 언제 그런 것도 키웠수?"

레프가 잠시 감상적이 되어 저도 모르게 중얼거리자 어느새 벤이 다가와 불쑥 끼어들며 비꼬듯 말했다.

"벤, 요새 좀 풀어줬더니 점점 기어오른다? 후후, 그래. 최대한 기어올라 봐라, 높은 곳에서 떨어지면 얼마나 아픈지 몸소 체험하게 해줄 테니."

"대장, 농담이우. 헤헤, 그저 대장 기분이 좀 별로인 듯해서 대장의 오른팔이자 왼팔인 내가 기분 좀 풀어주려고 농담한번 한 거유. 근데 웃자고 하는 소리에 죽자고 하면 내가 얼마나 섭섭하겠수?"

순간 살짝 웃으며 말하는 레프에게서 심상치 않은 분위기가 느껴졌다. 그리고 그것이 작렬하는 뒤끝의 결정판인 대장의 최고 위험 경고라는 사실을 누구보다 잘 알고 있었기에 내심 기겁을 한 벤은 재빨리 비굴한 웃음까지 지어 보이며 변명을 쏟아냈다.

그러는 사이 상행 출발 준비가 모두 완료되었고, 레프의 상행은 다시 일정대로 베르시아 제국의 수도인 베르시안을 향해 출발했다.

이미 위험 지역인 바리타스 산맥과 페르티아 산맥을 통과했기에 이제 베르시안까지는 특별히 문제될 것이 없었다.

그렇게 헌트리스 마을을 출발한 레프의 상행은 처음 바레인에서 출발한 지 한 달 하고도 19일째 되던 날이 되어서야 상행의 최종 목적지인 베르시아 제국의 수도인 베르시안에 도착할 수 있었다.

베르시안은 비록 상업도시 바레인에 비해 그 화려함은 덜했지만 확실히 제국의 수도라 부를 수 있을 정도로 그 규모나 발전도는 대단했다.

상업지구부터 공업지구, 군사지구까지 각 분야별로 구역이 나눠져 더욱더 전문성을 꾀하였음은 물론이고 편리성마저도 갖추고 있었다.

또한 거리를 지나는 사람들의 모습에는 활력이 넘쳤으며 모두가 제국민이라는 사실에 자부심을 갖고 있는 듯 당당하게 느껴지기도 했다.

레프의 상행은 상업지구의 여관 구역에서 대형 여관을 통째로 빌려 일주일간 머물면서 베르시안에서의 일을 처리했다.

이윽고 일주일의 시간이 지나 해야 할 일을 모두 처리한 레프의 상행은 그동안 누적되었던 육체적, 정신적 피로를 말끔히 풀어버리고 다시 상업도시 바레인을 향해 힘차게 출발했다.

레프의 상행은 바레인으로 돌아오는 여정 역시도 무척이나 순조로웠다.

이미 한 번 지나쳤던 길이란 이유도 있었고 집으로 돌아간다는 기대 심리로 인한 일꾼들과 용병들의 사기가 높은 것도 있었지만, 무엇보다 큰 이유는 이미 바리타스 산맥과 페르티아 산맥을 통과하면서 단 한 차례도 몬스터의 습격을 받지 않다 보니 이제는 모두가 그것을 당연하게 받아들였기 때문이다.

그러다 보니 다시 페르티아 산맥을 통과하는 상행의 일꾼과 용병들은 조금도 긴장하지 않았고, 흡사 전쟁에서 승리하고 개선하는 군대와도 같이 보무가 당당한 것이 만약 몬스터의 습격이 있더라도 능히 물리칠 수 있을 듯 느껴질 정도였다.

하지만 아무리 그렇게 느껴진다고 해도 레프에게 몬스터와의 전투는 절대로 귀찮은 일이 분명했다.무엇보다 요즘 자주 기어오르는 벤의 버릇을 고치기 위해 레프는 평소보다 더욱더 기감을 멀리 확대해 더욱 많은 몬스터들을 찾아내 괴롭히기 놀이를 시작했다.

결국 레프의 상행이 페르티아 산맥을 통과한 직후 벤은 실신 직전에까지 이르면서 다시는 레프를 도발하는 위험한 장난 따위는 하지 않으리라 다짐해야 했다.

어쨌든 이런저런 속사정은 있었지만 레프의 상행은 바리타스 산맥 역시 무사히 통과했고, 베르시안을 출발한 지 정확히 한 달 보름 만에 바레인으로 입성할 수 있었다.

레프의 상행이 돌아오자 디체이스 자작가와 상단은 분위기가 한껏 달아올랐다.

그동안 베르시안으로의 상행이 가져오는 이익이 커서 상당히 위험한 상행임에도 불구하고 어느 정도의 피해까지 감수했었는데 이번에는 그 피해가 전무했기 때문이다. 더구나 보통은 예정된 4개월이라는 기간을 조금씩 넘기는 것이 보통이었는데 이번에는 오히려 그 기간을 한 달 가까이 줄여 버린 것이다.

그런 이유로 디체이스 자작가와 상단의 모든 이들은 상행을 마치고 돌아오는 레프를 환영했다. 하지만 그 누구보다도 레프의 귀환을 환영한 사람은 바로 레이첼이었다.

자작가의 정문까지 나와 레프가 돌아오기를 기다리던 레이첼은 멀리 말을 타고 오는 레프의 모습을 발견하곤 쪼르르 달려갔다.

"오라버니!"

"레이첼!"

자신을 부르며 달려오는 레이첼의 모습에 레프의 얼굴에

환한 웃음이 생겨났다. 이어 가볍게 말에서 뛰어내리곤 달려와 안기는 레이첼을 안아주며 살짝 질책하듯 말했다.

"뭐하러 여기까지 나와 있어? 집에서 기다리지 않고."

"히힝, 그야 오라버닐 빨리 보고 싶어선 걸."

"후후, 내가 아니고 선물이 보고 싶은 거겠지."

"아니다, 뭐! 선물도 쬐끔 보고 싶긴 한데 그래도 오라버니가 더 보고 싶어서야."

레이첼의 말에 순간 장난기가 동한 레프는 짐짓 다행이라는 듯 안도하는 표정을 지으며 입을 열었다.

"그래? 후우, 그럼 다행이네. 이 오빠가 너무 바빠서 선물을 미처 못 샀거든. 그래서 내심 걱정했는데 그나마 다행이네."

"저, 정말?"

레프의 말에 레이첼이 눈을 동그랗게 뜨며 사실을 확인하듯 반문했다.

"미안. 이 오빠가 대신 저번에 적어줬던 건 다음번에 더 좋은 걸로 사올게."

"저, 정말이었어? 흐앵! 오라버니 미워! 흐앵!"

레프의 장난에 완전히 속은 레이첼은 급기야 울음을 터뜨렸고, 그렇게 되자 오히려 당황한 레프가 황급히 수습에 나섰다.

"레, 레이첼, 농담이야, 농담!"

"흐앵!"

"설마 이 오빠가 다른 것도 아니고 우리 레이첼 선물을 잊었겠니?"

"훌쩍! 저, 정말?"

"그럼 당연하지. 그것도 레이첼이 보면 깜짝 놀랄 만큼 최고로만 사왔어."

"정말이지?"

"그렇다니까."

이젠 레이첼도 쉽게 믿지 않는지 몇 번이고 확인하듯 물었고, 그저 장난 한 번으로 큰 곤욕을 치러야만 했다.

그렇게 한바탕 소동을 끝내고 집에 도착한 레프는 디체이스 레이첼은 물론이고 자작 내외와 제라드까지 모인 가운데 선물 증정을 시작했다.

"아버지, 이번 상행에서 돌아오는 길에 선물을 하나 샀습니다."

"혹시 덤이냐?"

"네?"

느닷없는 디체이스 자작의 물음에 레프는 어리둥절한 얼굴로 반문했다.

"레이첼의 선물이 한가득인 걸 보니 혹시 그것들 사면서 서비스로 받은 걸 주는 게 아닌지 해서 말이다."

"서, 설마요. 하하!'

순간 살짝 찔리는 것이 있어 당황했지만 그건 어디까지나 동생인 제라드에게 해당되는 일이었기에 레프는 이내 선물을 꺼내 들며 당당하게 대답했다.

"세상에 어떤 장사꾼이 이런 비싼 걸 서비스로 주겠어요?"

"이게 뭐냐?"

"속에 입으면 체온을 유지해 주는 마법이 걸려 있다고 하니 쓸 만할 거예요."

"오호, 어디 보자. 때깔을 보니 확실히 서비스는 아닌 것 같구나."

은은한 은빛이 감도는 것이 상단을 운영하는 자신의 눈에도 상당한 고가품으로 보였기에 디체이스 자작은 상당히 기뻐하는 얼굴로 선물을 살펴보기 시작했다. 그리고 그러는 사이에도 선물 증정식은 계속되었다.

"이건 어머니 선물이에요."

"고맙구나, 레프야."

"한번 보세요."

레프의 재촉에 디아나는 받아 든 조그만 상자를 열어보았다. 그러자 그 안에 조그만 보석이 박힌 반지 하나가 들어 있었다.

"축복이 걸려 있는 반지래요. 항상 그거 끼시고 아프지 마세요."

"레프야, 고맙구나."

이름도 알지 못하는 친구의 충고로 깨달은 것이 있었던 레프는 자신이 할 수 있는 한 최대한 다정하게 말했고, 디아나에게는 반지보다 그 말이 더욱 큰 선물이 되었다.

"그리고 이건 제라드 네 거다."

"팔찌군요. 고마워요, 형님."

"실드 마법을 하루에 다섯 번까지 사용할 수 있다고 하더라. 그리고 절대로 서비스로 받은 거 아니다."

"제라드 선물이 덤이었구먼."

선물에 대한 설명에 이어진 레프의 말에 갑자기 디체이드 자작이 끼어들며 말하자 제라드의 얼굴이 한순간 실망하는 표정으로 바뀌었다.

"정말 실망입니다, 형님."

"제라드, 그게 사실은……."

느닷없는 상황에 당황한 레프는 황급히 변명을 하려 했지만 딱히 변명할 것이 없었기에 안절부절못했다. 그 모습에 제라드가 크게 웃음을 터뜨리기 시작했다.

"하하하! 그래도 선물은 마음에 듭니다, 형님!"

"이 녀석!"

그제야 레프는 제라드가 자신을 놀린 것임을 깨닫고 살짝 삐친 얼굴을 했다.

이윽고 제라드까지 선물 증정이 끝나고 이제 남은 것은 레이첼 차례였다. 그리고 그 종류도 무척이나 많았다.

"이건 클린 마법을 쓸 수 있는 반지다. 하루에 스무 번까지 쓸 수 있다고 하더라."

"어? 오라버니, 근데 이거 엄마 거랑 똑같네?"

"원래 한 쌍이거든."

"아, 그렇구나."

그렇게 시작된 레이첼의 선물은 다른 가족들 선물을 설명해 주는 것보다 훨씬 오래 걸려서야 끝이 났다.

그러자 그제야 디체이스 자작이 조금 걱정스런 얼굴로 입을 열었다.

"레프야, 한데 이 선물 가격이 상당할 듯한데 대체 돈이 어디서 난 것이냐? 더구나 제라드에게 선물로 준 팔찌만 해도 대충 150골드는 되어 보이는데 그런 고가품을 서비스로 줄 정도라면 말이다."

"제가 그동안 용병으로 번 돈이 꽤 되거든요."

"음, 얼마나 벌었는지는 모르겠지만 그건 네 목숨을 담보로 번 돈이다. 이번이야 이미 사온 선물이니 받겠지만 앞으론 함부로 쓰지 말고 잘 가지고 있도록 해라."

"네."

"그래도 꽤 가격 좀 비싼 물건이라고 마음에는 쏙 들긴 하는구나."

디체이스 자작의 말에 레프는 내심 뭔가 억울한 마음에 마음속으로나마 절규하듯 외쳤다.

'아버지, 그거 5만 골드짜리라고요. 좀 비싼 물건이 아니란 말입니다.'

MELOSTER

제7장 테이튼 백작가의 위기

그로디아 대륙 서부에 위치한 라오스 왕국은 서부 지역 최대의 곡창 지대인 가리아나 평야를 영토로 포함하고 있을 뿐만 아니라 그 위치가 다른 왕국과의 교류가 편리했기에 자연스레 서부 지역 물류의 중심이 되었다.

그런 이유로 본래 풍요롭고 부유하던 라오스 왕국은 더욱 더 부유해졌을 뿐만 아니라 제국과 여러 왕국을 통해 많은 문물들이 전파되었다.

그것을 기반으로 강력한 군사력을 양성한 라오스 왕국은 베르시아 제국을 제외하면 감히 위협이 될 왕국이 존재하지 않을 정도로 강력한 국가로 거듭날 수 있었고, 그 힘을 이용해 오랜 시간 평화를 유지할 수 있었다.

하지만 너무 오랜 평화는 오히려 독이 되었고, 고인 물은 언젠가는 썩듯 라오스 왕국 역시 내부에서부터 썩어들어 갔다.

국왕의 충성스런 신하들이었던 귀족들은 언제부터인가 국왕파와 귀족파로, 때에 따라선 보수파와 개혁파로 나눠 반목했다.

또한 국왕파는 국왕파대로, 귀족파는 귀족파대로 온건파와 급진파로 나뉘어 팽팽하게 대립했으니 같은 국왕파라고 해서 항상 아군이 아니었으며 파벌이 다르다고 해서 항상 적이 아니었다. 언제라도 오늘의 적이 내일의 아군이 될 수도 있었고, 배신과 모략이 끊이질 않는 곳이 바로 라오스 왕국 귀족들의 현실이었다.

라오스 왕국이 이렇게 되어버린 그 중심에는 이대공작과 사대후작이 있었는데, 이들은 자신을 따르는 귀족들을 모아 파벌을 형성해서 그때그때 자신들의 이해관계에 따라 협력과 대립을 반복하였다.

물론 이러한 파벌에 어디에도 끼지 않는 귀족들도 분명 존재했지만 그들은 대부분 영지가 없는 귀족들이었고, 영지를 가진 귀족들은 극소수에 해당했다. 그리고 그중에서도 대표

적인 귀족이 바로 테이론 백작가였다.

테이론 백작은 비록 아무런 파벌에도 끼지 않은 귀족이었지만 그래도 국왕에 대한 충성심이 국왕과 귀족들보다 더하면 더했지 덜하지 않았다. 그렇기에 현 라오스 왕국의 국왕인 모리엔 쥴리어드 3세가 신임하는 몇 안 되는 귀족 중 하나였다.

더구나 현 라오스 왕국의 행정 전체를 책임지고 있다는 점과 그렇기에 문관으로서의 힘의 한계로 인한 여러 가지 이해관계가 엇물려 아무런 파벌에도 끼지 않았음에도 지금까지 버텨왔던 것이다.

하지만 한계는 분명히 존재했고, 또한 이해관계가 형성되지 않는 파벌이 언제든지 생길 수도 있었다. 그리고 바로 지금이 그러한 순간이었다.

테이론 영지는 라오스 왕국의 동부에 위치한 가난한 영지로 다른 영지들에 비해 그 발전이 무척이나 저조한 곳이었다. 당연히 다른 영지처럼 부유하지도 못했고 그나마 영지민이 다른 영시민만큼이니 먹고살 수 있는 것도 모두 테이론 백작이 그만큼 세금을 낮췄기 때문이다. 그러다 보니 영지의 발전을 위해 투자할 돈이 부족했고, 결국 그러한 악순환은 쳇바퀴 돌 듯 계속되었다.

그런 가운데 하나의 희소식이 전해졌으니 바로 상당한 매

장량이 짐작되는 금광이 발견된 것이다. 그리고 그것이 바로 6개월 전의 일이다.

테이론 백작은 당장 가용할 수 있는 모든 자금은 물론이고 가능한 모든 곳에 선을 대 돈을 융통해 금광 개발에 착수했고, 그것으로도 부족해 처가인 아이안 왕국의 마이어 자작가로 아들을 보내 돈을 융통해 오기도 했다.

그렇게 천신만고 끝에 바로 일주일 전에 금광 개발을 완료했다는 보고를 듣고 무척이나 기뻐했다. 하지만 좋은 일에는 항상 마가 낀다는 옛말대로 한 가지 문제가 동시에 그의 웃음을 완전히 사라지게 만들었다.

그것은 다름 아닌 금광의 위치가 이웃한 로버트 알펜 자작의 영지와의 경계 부분에 교묘하게 걸쳐 있다는 점이었다. 당연히 테이론 영지의 금광 개발 소식과 그 위치에 대한 정보를 입수한 알펜 자작은 테이론 백작에게 강력히 항의했다.

테이론 백작은 행정 관료답게 무척이나 합리적인 방법으로 금광의 지분을 나눌 것을 제안했지만 탐욕스런 알펜 자작은 그럴 생각이 전혀 없었다.

비록 상대가 백작의 영지였지만 당장 영지의 전력을 비교해도 알펜 자작의 영지가 훨씬 앞서고 있었고, 무엇보다도 테이론 백작은 아무 파벌에도 들지 않은 귀족인 데 반해 그는 파빌리안 후작파에 속해 있었다. 더구나 파빌리안 후작파는 테이론 백작과 더 이상 이해관계가 얽히지 않아 문제될 것이 아무것도 없었다.

다만 이번 일에 대해 파빌리안 후작은 알펜 자작에게 직접 주의를 준 것이 있었으니, 비록 영지전의 명분은 확보되었지만 그렇다고 영지전을 벌여 테이론 백작을 막다른 길로 몰아넣지 말라는 것이었다.

자칫 그것으로 인해 지금까지 파벌에 들지 않았던 테이론 백작이 생각을 바꿔 적대 파벌에 들기라도 한다면 오히려 손해가 될 수도 있다는 것이 그 이유였다.

결국 알펜 자작은 대표 기사 세 명의 기사대전을 벌여 금광의 소유권을 가리자 제안했고, 테이론 백작은 그것을 거절할 수 없었다.

영지의 전력이라면 몰라도 기사단의 전력은 별 차이가 없었으니 그나마 기사대전이라면 승리할 확률이 조금이라도 있었기 때문이다.

그런 이유로 지금 테이론 백작은 기사대전의 준비를 위해 백작가의 기사단장인 트레인을 불러 상황을 설명해 주고 있었다.

"그래서 알펜 자작의 기사대전 제안을 받아들였소. 그렇기에 이번 기사대전에 우리 테이론 영지의 미래가 달려 있는 것이나 마찬가지이니 반드시 기사대전에 승리해 주시오. 트레인 경만 믿겠소."

"영주님, 알펜 자작의 기사단과 우리 영지의 기사단의 전력은 그 차이가 거의 나지 않을 정도로 백중세입니다. 한데 그것을 아는 알펜 자작이 기사대전을 제안했다면 저희가 이길 가능성은 거의 없다고 봐야 합니다."

"트레인 경, 전력이 거의 나지 않을 정도로 백중세라면 우리가 이길 수도 있는 것 아니오?"

"그렇지 않습니다. 원래대로라면 알펜 영지 측의 대표 기사로 나올 인물은 뻔히 정해져 있습니다. 상대 측 기사단장이 익스퍼트 상급이니 제가 상대하면 될 것이고 상대의 부단장이 익스퍼트 중급이니 파밀론 부단장이 상대하면 됩니다. 또한 상대 측 기사단에 익스퍼트 중급의 기사가 하나 더 있으니 저희 측에선 톰이나 헹크가 상대할 수 있을 것입니다. 더구나 파밀론 부단장은 지금 거의 상급으로 올라서기 바로 직전인 상태라 아마 분명 1승을 가져올 것입니다. 그러니 저나 다른 대표 기사가 한 번만 이기면 기사대전에서 승리할 수 있을 것입니다."

"그렇다면 문제가 없는 것 아니오?"

"하지만 알펜 자작은 파빌리안 후작파의 인물입니다. 그런 그가 기사대전을 제안해 왔다면 파밀리온 후작에게 얼굴이 알려지지 않은 기사를 지원받았을 것이 분명합니다. 단 한 명만 지원받는다 해도 대전표만 잘 짜면 승리하는 데 문제가 없으니 만약 기사 둘을 지원받았다면 무조건 질 수밖에 없습니다."

트레인의 설명을 듣자 테이론 백작은 그제야 자신의 실수를 깨닫고는 자책할 수밖에 없었다.

"이런, 내가 너무나도 큰 실수를 하고 말았구려."

"영주님, 아직은 확실한 것이 아닙니다. 그리고 만약 그렇다 해도 남은 기간 동안 기사대전 준비에 최대한 최선을 다해 보겠습니다. 그러니 너무 자책하지 마십시오."

"고맙소, 트레인 경."

트레인이 테이론 백작을 위로했지만 그것은 아무런 도움도 되지 않았다.

결국 아무런 힘없이 테이론 백작은 그저 자신의 크나큰 실수를 자책하면서 큰 상심에 빠질 수밖에 없었다.

*   *   *

알펜 자작은 파빌리온 후작으로부터 얼굴이 알려지지 않은 익스퍼트 상급의 기사 둘을 지원받은 뒤 여유있는 마음으로 앞으로 2주 후에 벌어질 기사대전을 기다리며 하루하루를 무척이나 들뜬 마음으로 보내고 있었다.

그러던 차에 테이론 백작이 크게 상심해 자신의 방에서 나오지도 않고 있다는 소식을 듣고 크게 기뻐했다.

"크하하하! 테이론 백작도 대단하군. 기사대전에 패할 것을 벌써부터 알고 있다니 말이야. 하하하하!"

"뭐, 대단할 것까지야 있겠습니까? 그러한 사실을 이제야 깨달은 것을 보면 오히려 주제 파악이 좀 느린 자라 말할 수 있습니다."

크게 대소하며 기뻐하던 알펜 자작은 자신의 두뇌 역할을 하는 하워드 준남작의 말에 다시 한 번 대소를 터뜨렸다.

"하하하! 그런가? 어쨌든 좋군. 내 그동안 기사대전을 손꼽아 기다리느라 참으로 힘들었는데 이제는 그때까지 하루하루를 기쁘게 기다릴 수 있겠어."

"맞습니다. 영주님께서는 그저 하루하루를 즐기시며 느긋하게 기다리시면 곧 금광을 소유하게 되실 겁니다."

"그렇지. 어쨌든 이번 일이 잘 풀리면 하워드 준남작에게도 좋은 일이 있을 테니 기대하고 있으라고."

"아, 감사합니다."

알펜 자작의 말에 하워드 준남작은 이내 내심 무언가 기분 좋은 상상에 빠졌는지 그의 얼굴에 자연스럽게 미소가 떠올랐다.

한편 테이론 백작이 자신의 실수를 자책하여 큰 상심에 빠져 이틀째 식사도 거른 채 방에서 나오지 않고 있다는 것과 기사대전 소식을 뒤늦게 알게 된 제이크는 황급히 테이론 백작의 방으로 달려갔다.

똑똑.

"아버지, 저 제이크입니다. 들어가겠습니다."

제이크는 테이론 백작의 대답을 기다리지도 않고 곧바로 방문을 열고 안으로 들어갔다.

방은 무척이나 어두웠고, 테이론 백작은 침대에 누운 채 마치 시체와도 같이 생기를 잃은 얼굴로 제이크를 맞이했다.

"제이크, 미안하구나."

"아니에요."

"아니다. 모두 내가 부족해서 생긴 일이구나. 네게 정말 미안하구나."

"아버지, 기사대전 얘기라면 저도 이미 들었어요. 그리고 어쩌면 방법이 있을지도 몰라요."

제이크의 말에 테이론 백작이 갑자기 관심을 보이며 반문했다.

"그, 그게 무슨 말이냐?"

"지난번 제가 외가로 갈 때 바리타스 산맥에서 디체이스 상단의 도움을 받았던 얘기 드렸었죠?"

"그래, 기억나는구나."

"그때 사실은 약간의 문제가 있어 헹크 경이 디체이스 상단의 사람에게 결투를 신청한 일이 있었어요."

"그런 일이 있었느냐? 그래도 도움을 받는 입장에서 조금은 참았어야 하거늘. 그래, 헹크 경이 상대를 크게 다치게 하지는 않았겠지?"

"그게 아니라 헹크 경이 아무런 반항도 못해보고 졌어요."

"뭣이? 아니, 헹크 경이라면 익스퍼트 중급의 실력자이건만 어떻게 일개 상단의 호위단에 질 수 있단 말이냐?"

제이크의 말에 테이론 백작은 무척이나 놀란 얼굴로 도무지 믿어지지가 않는다는 듯 반문했다.

"상대가 최소한 익스퍼트 최상급이라고 했어요."

"이, 익스퍼트 최상급?"

"파밀론 경이 한 말이니 아마 틀림없을 거예요."

"파밀론 경이 그랬다면 믿을 만하지."

그제야 테이론 백작도 수긍했다.

그러자 제이크가 다시 조심스럽게 입을 열었다.

"그래서 이번 기사대전에 디체이스 상단, 아니, 디체이스 자작가에 도움을 요청했으면 해요."

"디체이스 자작가에 말이냐? 하긴 그런 실력자가 있어 만약 도와주기만 하면 좋겠다만 과연 그들이 도와주려고 할지 의문이구나."

"도움을 받을 수만 있다면 어떠한 대가라도 들어줘야 해요."

"그래도 파빌리안 후작파가 관계된 일이니 과연……."

"어차피 디체이스 자작가는 영지가 없는 귀족이에요. 더구나 디체이스 상단은 이미 라오스 왕국 오대상단에 꼽히는 거상이죠. 파빌리안 후작의 눈치를 볼 이유가 없어요. 그러니 가능할지도 몰라요."

제이크의 설명에도 테이론 백작은 고개를 저으며 무척이나 회의적인 반응을 보였다.

"그렇다면 좋겠지만 말이다."

"그래서 제가 디체이스 자작가로 가서 도움을 요청하려고 해요.

"제이크 네가 말이냐?'

"네, 사실은 그것 때문에 아버질 뵈러 온 거예요."

"흠, 그래, 제이크. 네게 협상에 관한 전권을 줄 테니 다녀오도록 해라."

"알겠어요. 꼭 디체이스 자작가의 도움을 얻어올게요."

"그래, 꼭 그래다오."

"네, 그러니 아버지도 걱정 마시고 이제 힘내세요."

"그래, 그러마. 고맙구나, 제이크."

그렇게 제이크는 본래의 목적대로 모든 전권을 위임받은

채 디체이스 자작가로 향하게 되었다.

라오스 대륙의 남서부에 위치한 테이론 영지에서 디체이스 자작가가 있는 상업도시 바레인까지는 말을 타고 쉬지 않고 달린다면 이틀이면 도착할 수 있을 정도로 그다지 멀지 않은 거리였다.

그럼에도 제이크는 이동 시간을 조금이라도 더 줄이기 위해 호위를 위한 파밀론과 레오라는 기사 둘만을 대동한 채 말을 타고 테이론 백작가를 출발했다.

먹고 자는 시간을 제외하곤 쉬지 않고 달린 끝에 제이크 등은 테이론 영지를 출발한지 이틀째 되는 저녁 무렵에 상업도시 바레인에 위치한 디체이스 자작가에 도착할 수 있었다.

제이크 일행이 디체이스 자작가의 정문으로 다가가자 호위단 복장의 사내가 막아서며 정중하게 물었다.

"어떻게 오셨습니까?"

"테이론 백작가의 소영주님이시오. 디체이스 자작님을 뵙기 위해 왔소."

파밀론이 나서며 정중하게 대답했다. 일반적으로 기사들은 상단의 호위단을 상당히 무시하는 경향이 있었다. 그리고 그것은 파밀론 역시 크게 다르지 않았다. 적어도 벤을 보기 전까지는 말이다.

하지만 벤의 실력을 조금은 알아보고 난 뒤 그러한 편견이 많이 바뀌었고, 더구나 도움을 청하러 온 입장이었기에 어투가 자연히 정중해질 수밖에 없었다.

어쨌든 기사로 보이는 자가 의외로 상당히 정중하게 용건을 말하자 정문을 지키던 호위단원은 내심 기분이 좋았는지 처음에 비해 사뭇 친절해진 얼굴과 음성으로 입을 열었다.

"아, 그러시다면 일단 기다리실 곳으로 안내해 드리겠습니다."

"고맙소."

"그럼 절 따라오십시오."

말을 마친 호위단원은 앞장서 걸으며 제이크 일행을 저택으로 안내했다.

잠시 후, 제이크 일행은 호위단원의 안내로 접견실로 보이는 커다란 방에 도착할 수 있었다.

"여기서 잠시 기다리시면 자작님께 보고를 드리고 오겠습니다."

"부탁하겠소."

"그럼."

말을 마친 호위단원은 접견실을 나와 디체이스 자작의 집무실로 향했다.

잠시 후, 테이론 백작가에서 찾아왔다는 보고를 받은 디체이스 자작은 살짝 의아한 기색을 보였다.

"흠, 테이론 백작가라……."

테이론 백작이라면 2공작과 4후작의 파벌이 이해타산과 득실에 따라 대립하고 타협하는 것에 환멸을 느껴 어느 파벌에도 속하지 않지만 그 어떤 귀족보다도 국왕에 대한 충성심이 뛰어난 진정한 충신이라는 것을 디체이스 자작도 잘 알고 있었다.

하지만 아무리 생각해도 몰락한 귀족이며 이제는 상인일 뿐인 자신을 만나고자 하는 어떠한 접점도 없었다. 물론 상인을 찾아오는 것이 단순히 거래를 위해서라고 생각할 수도 있는 일이었지만 그러한 일이라면 이미 테이론 영지에도 디체이스 상단의 지부가 있었기에 굳이 소영주가 직접 찾아올 필요까지는 없었다.

"음, 만나보면 알겠지."

결국 딱히 떠오르는 것이 없자 디체이스 자작은 그들의 방문 이유가 궁금하긴 했지만 어차피 만나보면 금방 알게 될 것이기에 당장 처리해야 할 시급한 일만을 빠르게 처리한 뒤 접견실로 향했다.

이윽고 접견실에 도착한 디체이스 자작은 테이론 백작가의 소영주로 보이는 청년과 기사 둘을 만날 수 있었다.

"본인이 프라임 디체이스라오. 테이론 백작가에서 오셨다고 들었소만."

"제이크 테이론입니다. 자작님을 뵙게 되어 영광입니다."

"그저 장사치에 지나지 않는 날 만난 것이 무에 영광이겠
소. 겉치레는 그만 생략하고 이제 소영주께서 직접 본가를 방
문한 용건을 듣고 싶소만."

상대의 방문 이유가 무척이나 궁금했던 디체이스 자작은
곧바로 본론으로 넘어갔다.

"알겠습니다. 제가 자작님을 뵙기를 청한 이유는 한 가지
도움을 부탁드리기 위함입니다."

"일개 장사치인 본인이 테이론 백작가를 도울 일이 무엇이
있겠소."

"사실은 본 영지에서 얼마 전 금광 하나를 발견해 조금 무
리해 가면서까지 개발을 추진했고 최근 금광 개발이 완료되
었습니다."

"그것은 이미 들어서 알고 있소."

"한데 개발된 금광의 위치가 무척 묘해서 이웃한 알펜 영
시와 마찰이 일어나게 되었습니다. 그리고 급기야 알펜 영지
에서 금광의 소유권을 놓고 기사대전을 제안해 왔고 아버님
께서는 그 제안을 받아들이셨죠. 한데 그것이 함정이었습니
다. 알펜 자작은 이미 파빌리안 후작에게 실력이 뛰어난 기사
를 지원받기로 하고 기사대전을 제안해 왔던 것입니다."

제이크는 꽤나 자세하게 현 테이론 영지의 상황을 설명했다. 그러나 디체이스 자작은 이미 모두 알고 있는 사실이었다.

장사를 하는 상인에게 정보는 곧 돈과 직결되었다. 그리고 거대 상단일수록 그러한 현상이 매우 커 정보에 더욱더 민감할 수밖에 없었고, 라오스 왕국 오대상단에 꼽히는 디체이스 상단 역시 다르지 않았다.

하지만 그래서 디체이스 자작은 더더욱 테이론 백작가에서 자신에게 도움을 청할 일이 무엇인지 짐작하기가 힘들었다.

이미 기사대전이 정해졌고 그 승패에 따라 모든 것이 결정되는 상황이었기에 지금으로선 뛰어난 기사 가문에서 실력있는 기사를 지원받는 방법뿐이 없었다. 그러나 그러한 귀족이라면 어느 파벌이든 소속되어 있을 것이 분명했고, 그들로서는 자신들과 아무런 관련이 없는 테이론 영지를 위해 파벌 간의 분란을 일으키려 하지 않을 터였다. 그리고 만약 도움을 준다 해도 그것은 늑대를 피해 호랑이를 끌어들이는 꼴뿐이 되지 않았다.

그렇기에 디체이스 자작은 더욱더 의아한 기색을 보이며 입을 열었다.

"테이론 영지의 상황은 이미 모두 들어서 알고 있소. 한데 아무리 생각해도 본인은 테이론 영지에 도움을 줄 수 있는 것이 없다 생각하오만."

"분명 있습니다."

너무도 확신이 서 있는 제이크의 대답에 디체이스 자작은 그것이 무엇인지 무척이나 궁금해졌다.

"그럼 일단 들어봅시다."

"제가 알기론 디체이스 상단의 호위단은 실력이 무척 뛰어나다고 들었습니다. 그리고 몇 개월 전 바리타스 산맥에서 디체이스 상단의 상행을 만나 도움을 받으며 제 눈으로 확인한 사실이기도 합니다. 단도직입적으로 말씀드리겠습니다. 호위단에서 가장 실력이 뛰어난 단 한 사람만 이번 기사대전에 대표 기사로 참가시켜 주십시오."

'음, 로이튼 경이 목적이었군. 하긴, 테이론 백작가에서 로이튼 경 이상의 실력자라면 기사단의 단장과 부단장 정도일 테니 그럴 만도 하군. 한데……'

제이크의 말에 디체이스 자작은 테이론 백작가의 소영주인 세이크가 원하는 것이 로이튼이라 멋대로 착각했고, 그라면 기사대전의 대표 기사로 참가해서 충분히 승산이 있다 생각했다.

하지만 그렇다 해도 테이론 백작가를 돕게 되면 알펜 자작이 속해 있는 파빌리안 후작파와 불편한 관계가 될 것은 불을 보듯 뻔한 일이었다. 물론 디체이스 상단이 자리 잡은 상업도시 바레인은 크리퍼스 후작령에 속해 있었고, 크리퍼스 후작파는 모든 파벌에 대해 중립을 지키는 중립파였기에 파빌리안 후작파와 조금 불편해진다고 해서 크게 문제될 것은 없었다.

다만 여러 가지를 따져봤을 때 그래도 득보다는 실이 더 많다 할 수 있었다. 더구나 기사대전에서 반드시 이긴다는 보장도 없는 상황이고 말이다.

그렇게 득과 실을 충분히 따져본 디체이스 자작은 내심 결정을 내렸고, 이내 나직한 음성으로 입을 열었다.

"내가 귀족이긴 하나 그래도 하나의 상단을 이끄는 상인이오. 그리고 상인에게 있어 여러 영지와 마찰이 생기는 일은 그리 달갑지 못한 법이오. 비록 테이론 영지의 사정이 안타깝기는 하나 도움을 줄 수는 없을 듯하오. 미안하오."

어느 정도 기대를 하고 있던 제이크는 디체이스 자작의 대답에 내심 실망할 수밖에 없었다. 하지만 영지의 미래가 달린 일을 쉽게 포기할 수는 없었다.

"자작님, 물론 이번 일에 저희 테이론 영지를 돕기 위해선 디체이스 상단이 어느 정도 피해를 감수해야 한다는 것을 잘 알고 있습니다."

"소영주께서도 잘 아신다니 본인의 결정을 이해해 주시리라 믿소."

"저는 이번 일에 대해 이미 아버님께 전권을 받은 상태입니다. 만약 자작님께서 도와주신다면 디체이스 상단이 입을 피해는 물론 더 많은 것을 책임져 드리겠습니다."

제이크의 말에 디체이스 자작은 이미 마음속으로 결정을 내렸음에도 관심을 보였다.

"그렇다면 어떤 방법으로 책임져 준다는 것이오?"

"디체이스 상단에 저희 영지에서 개발한 금광의 일정 지분과 채굴되는 모든 물량의 금의 독점권을 드리겠습니다."

제이크의 제안에 디체이스 자작의 결정은 조금씩 흔들릴 수밖에 없었다.

만약 기사대전에 승리만 한다면 제이크의 말대로 파빌리안 후작파의 귀족들과 조금 불편해지는 정도는 감수해도 좋을 만큼 엄청난 이득이 보장되었다. 물론 금광의 지분을 얼마나 받느냐가 중요한 문제지만 이런 제안을 해왔다는 것은 그 지분이 적지 않을 것이 분명했다.

그래도 디체이스 자작은 그것을 정확히 확인하기 위해 제이크에게 물었다.

"그렇다면 지분은 얼마를 생각하시오?"

그러자 제이크가 쐐기를 박듯 대답했다.

"디체이스 상단도 어느 정도 모험을 해야 하는 상황임을 충분히 감안해서 전 30%를 생각하고 있습니다."

"30%……."

순간 디체이스 자작은 깜짝 놀랄 수밖에 없었다.

사실 디체이스 자작은 그저 10%에서 많으면 20%까지도 제안해 올 지도 모른다고 생각했다. 그리고 그 정도면 실보다득이 훨씬 많았기에 한번 모험을 걸어봐도 좋다고 생각했다.

반면 제이크로서는 이대로 디체이스 자작가의 도움없이는기사대전에 패할 것이 분명했고, 패배를 승리로 바꾸는 대가로 30%면 그리 많은 것이 아니라 판단했던 것이다.

어쨌든 서로 입장이 다른 디체이스 자작과 제이크의 생각은 둘 모두를 만족하게 만드는 결과를 낳았다.

"좋소. 그 정도라면 충분히 모험을 걸어볼 만큼 좋은 조건이니 소영주의 제안을 받아들이겠소."

"잘 생각하셨습니다. 분명 디체이스 상단과 저희 테이론영지 모두를 만족시킬 만한 결과가 나올 것입니다."

"나 역시 그렇게 되길 빌겠소."

"그럼 저희는 내일 영지로 돌아가겠습니다. 아무래도 아버님께 이 소식을 빨리 알려드려야 할 것 같아서 말입니다. 그리고 기사대전에 참가할 호위단원 분은 늦어도 대전이 시작되기 이틀 전까지는 도착할 수 있도록 해주십시오."

"알겠소."

그렇게 디체이스 자작과 제이크의 오해로 비롯해 로이튼 은 자신도 모르는 사이 알펜 영지와 테이론 영지의 기사대전 에 참가하기로 결정되어 버렸다.

상행 중에도 레프가 알려준 수련을 멈추지 않았던 로이튼 은 베르시아 제국의 수도 베르시안을 들러 바레인으로 돌아 오는 중 드디어 떨어져 내리는 물방울을 단 한 번의 실패도 없이 정확히 찌를 수 있게 되었다.

그것을 레프에게 검증 받은 로이튼은 다시 2단계 수련에 돌입했다. 하지만 말이 2단계지, 물방울을 찌르는 것은 여전 히 변하지 않았다. 다만 달라진 것이 있다면 지금까지는 아무 런 힘도 싣지 않고 오로지 정확도만을 추구했다면 이번에는 온몸의 힘과 기세를 모두 담아 한순간 폭발시키듯 찌르는 것 이 관건이었다.

로이튼은 다시 수련을 시작하였고, 그다지 바뀐 것이 없음 에도 이전과는 달리 많은 실패를 경험해야 했다. 그럴수록 로 이튼은 수련에 더욱더 집중했고, 그런 그의 열성에 레프는 가 끔 지나가는 투로 조언을 해주기도 했다.

그 결과 상행이 드디어 바레인에 도착했을 때에 로이튼은 비로소 5할의 성공률을 넘어설 수 있었고, 그때부터 모든 일 을 팽개치고 자신의 숙소에서 먹고 자는 시간을 제외하고는 오로지 수련에만 매달렸다.

그렇게 한 달이 지나자 로이튼의 성공률은 더욱더 탄력을 받아 이제는 8할대의 성공률을 보이는 수준에 이르렀다.

오늘도 자신의 방에서 대충 식사를 해결한 로이튼은 다시 수련에 집중하려고 했다. 하지만 생각지 못한 방해꾼으로 인해 더 이상 수련을 지속할 수 없었다. 바로 디체이스 자작가의 둘째인 제라드였다.

"로이튼 경."

"아, 도련님께서 여기까지 무슨 일로……."

"아버지께서 급히 찾으십니다."

"자작님께서 말입니까?"

"네. 할 말이 있으신 듯했어요."

"알겠습니다. 곧 가도록 하겠습니다."

대답을 마친 로이튼은 수련을 위해 물을 적셔놓은 수건으로 며칠간 씻지 못한 얼굴을 황급히 닦아내곤 빠르게 복장을 정리해 나갔다.

이윽고 모든 정리를 마친 로이튼은 다시 바쁜 걸음으로 디체이스 자작의 집무실로 향했다.

잠시 후, 로이튼이 도착하자 디체이스 자작이 자리에서 일어나 그를 반갑게 맞이했다.

"자작님, 찾으셨습니까?"

"로이튼 경, 어서 오게. 일단 이리로 앉지."

"네."

디체이스 자작은 소파로 가 앉아 로이튼에게 자리를 권하고 그가 앉자 이내 나직한 음성으로 입을 열었다.

"실은 내 로이튼 경에게 부탁할 것이 있어 불렀네."

"부탁이라니 당치 않습니다. 그저 무엇이든 시켜주시면 따를 뿐입니다."

"허허, 여전하군. 어쨌든 내 부탁은 다름 아닌 이번에 테이론 영지와 알펜 영지가 금광을 놓고 기사대전을 하게 되었다네. 한데 테이론 영지에서 소영주를 보내 도움을 청해왔다네. 기사대전의 대표 기사 한 자리를 우리 호위단에서 맡아달라고 말이야. 처음엔 거절하려고 했는데 차마 거절하기 힘든 제안을 해오더군. 그래서 결국 제안을 받아들였다네."

디체이스 자작의 설명에 로이튼은 자신을 부른 이유를 쉽게 짐작할 수 있었다.

"그렇다면……."

"미안하지만 로이든 경이 수고를 좀 해줘야 할 것 같네."

한참 수련 중이었는데 잠시 수련이 중단된다는 사실에 살짝 망설여지긴 했지만 레프의 영단 실험으로 인해 익스퍼트 최상급에 들어선 자신의 실력을 기사를 상대로 확인해 보고 싶은 마음도 없지 않았기에 로이튼은 이내 허락을 표시했다.

"알겠습니다. 그럼 언제까지 가면 되는 것입니까?"

"이제 기사대전까지 10일 남았으니 늦어도 5일 후에는 출발해야 하네."

"준비하도록 하겠습니다."

"로이튼 경, 고맙네. 그럼 수고 좀 해주게."

"네, 그럼 더 하실 말씀이 없으시면 이만 나가보겠습니다."

"그러게."

로이튼이 집무실을 나가자 디체이스 자작은 다시 밀린 업무를 처리하기 위해 책상으로 가 앉았다. 그리고 서류로 가져가던 그의 시선이 문득 책상 위 서류 사이로 놓여 있는 고급스런 재질로 된 하나의 초대장으로 옮겨졌다.

"아, 그러고 보니 이제 며칠 후가 동부인의 날 파티가 있는 날이군."

동부인의 날 파티는 동부 귀족들의 단결과 화합을 다지자는 취지로 1년에 한 번 라오스 왕국 제2의 수도라고도 할 수 있는 상업도시 바레인을 포함한 크리퍼스 후작령과 그 인근 영지들의 귀족들이 모두 모이는 상당히 규모가 큰 파티였다.

그런 이유로 이날 하루만큼은 그 어떤 파벌이나 이해관계도 따지지 않고 동부 귀족들끼리의 친분을 다지는 날이었지만 세월이 흐르면서 그러한 취지는 무색해져만 갔고, 지금에 와서는 그저 각 파벌들에 속한 귀족들이 자신의 세를 과시하기 위한 곳으로 전락해 버렸다.

그럼에도 동부인의 날 파티는 많은 동부 귀족들에겐 여전히 1년 중 가장 커다란 축제였기에 대부분 참석했다.

디체이스 자작 역시 동부 귀족일 뿐만 아니라 상단을 운영하는 그에게 많은 귀족들이 모이는 자리는 절대 빠지면 안 되는 자리이기도 했다. 더구나 바레인에 자리를 잡은 같은 라오스 왕국 오대상단의 하나이자 라이벌이기도 한 로페즈 상단의 주인인 로페즈 자작 역시 매년 빠지지 않고 참석하니 그를 견제하기 위해서라도 매년 참석하고 있었다.

"레프도 돌아왔으니 올해는 가족 모두가 다 같이 참석하는 것도 나쁘지 않겠군."

파티에서 레프의 생환을 공식적으로 알리고 행복한 가족의 모습을 자랑할 생각을 하자 디체이스 자작의 얼굴에 어느새 흐뭇한 미소가 떠올라 있었다.

MELOSTER

제 8 장 형님이 정말 밉습니다

"오라버니! 오라버니!"

베르시아 제국의 수도인 베르시안까지 무려 3개월이 넘는 상행을 다녀온 이후 거의 한 달째 레이젤을 상대하는 시간을 제외하곤 대부분 자신의 방에서만 빈둥대며 평온한(?) 일상을 보내고 있던 레프는 오늘도 어김없이 멀리서부터 들려오는 커다란 그녀의 음성에 이마를 살짝 찌푸렸다.

"윽, 오늘은 좀 조용히 넘어가나 했더니만 또 무슨 일로 귀찮게 하려는 거지?"

하지만 말과는 달리 그의 입가에 잔잔한 미소가 떠올라 있는 것이 그리 싫진 않은 모양이다.

　벌컥!

　이윽고 불쑥 문이 열리더니 레이첼이 방으로 들어오며 소리쳤다.

　"오라버니!"

　"레이첼, 오늘은 또 무슨 일인데?"

　"웅, 그게 있잖아, 아버지가 레이첼을 파티에 데려가신다고 했어."

　"파티?"

　'아, 그러고 보니 이맘때쯤이구나.'

　느닷없는 파티라는 말에 반문하던 레프는 이내 과거의 기억에서 매년 이맘때쯤 동부인의 날 파티를 했던 것을 기억해낼 수 있었다.

　"웅, 근데 레이첼은 처음이라서 파티 옷이 없어. 그래서 어서 오라버니랑 사러 가야 해."

　"레이첼, 근데 파티복 사는 건 어머니나 제라드랑 같이 가면 안 될까?"

　"제라드 오라버니는 바빠서 안 돼. 그리고 엄마가 오라버니 파티 옷도 사야 하니 같이 갔다 오래."

　"엥? 내 파티복은 왜?"

　"파티, 오라버니도 간대."

"윽! 레이첼, 오빠는 파티에 안 간단다. 그리고 지금 이 오빠가 조금 바빠서 그러는데 파티복은 어머니하고 사러 가면 안 될까?"

"안 돼! 그리고 오라버니, 파티 간댔어."

부드러운 음성으로 레이첼을 설득하던 레프는 이어진 그녀의 단호한 대답에 잠시의 외출은 어쩔 수 없음을 깨달았다. 하지만 이대로라면 귀찮기만 한 파티에까지 끌려가야 할 상황이었으니 그것만큼은 절대 포기할 수 없었다.

"그래, 파티복 사러 가자. 한데 레이첼, 이 오빠는 바쁜 일이 있어서 파티에 못 가거든."

"알았어. 오라버니, 얼른 가자."

"그래."

일단 당장의 목적을 달성했음에 만족했는지 레이첼은 순순히 인정했고, 레프 또한 나름대로 소기의 목적을 달성한 탓에 기분 좋게 대답했다.

그렇게 바레인의 번화가로 나온 레프는 하루 종일 레이첼에게 끌려 다니며 가장 유명한 드레스 상점에서 파티복을 맞추는 것은 물론이고 그에 따른 장신구까지 사주고 나서야 간신히 집으로 돌아올 수 있었다.

＊　　　＊　　　＊

테이론 영지와 알펜 영지의 기사대전이 이제 닷새 앞으로 다가오자 디체이스 자작의 지시로 준비를 마치고 기다리고 있던 로이튼은 호위단원 중 베크 하나만을 대동하고 조용히 자작가를 나섰다. 그러나 아무도 그러한 사실을 눈치채지 못했다.

근래 들어 자신의 숙소에서 수련에만 몰두하던 로이튼이고, 더구나 같은 날 동부인의 날 파티가 있었기에 호위단은 자작과 그 가족들을 호위할 준비로 무척이나 분주했다.

무엇보다 결정적인 것은 디체이스 자작의 고집으로 파티 참석을 도저히 피할 수 없게 된 레프가 급기야 그대로 도망을 쳐버렸고, 자작가의 모든 인원이 동원되어 그를 찾느라 한바탕 해프닝을 겪어야 했기 때문이다.

그럼에도 레프는 찾지 못했고, 결국 디체이스 자작은 디아나 자작 부인과 제라드, 레이첼만을 대동한 채 파티장으로 출발할 수밖에 없었다.

그 모습을 자작가의 가장 커다란 나무의 꼭대기에서 벤과 함께 은밀하게 지켜보던 레프는 그제야 안심하며 자신의 방으로 돌아왔다. 하지만 벤은 지금의 상황이 무척이나 불만스러운지 뚱한 표정으로 투덜거렸다.

"대장, 굉장히 큰 파티라던데 그냥 가면 좋잖수."

"파티가 얼마나 귀찮은 건데 그걸 뭐하러 따라가?"

"대장이 언제는 귀찮지 않은 적이 있었수?"

"그렇긴 하지. 한데 파티는 특히 귀찮거든."

"그래도 자작님이 그렇게 원하시는데 그냥 가서 레이디들
도 구경하고 하면 좋잖수."

"훗, 레이디는 개뿔! 나도 귀족이긴 하지만 걔네들이 얼마
나 자존심이 세고 도도한지 알아? 거기다 허영심은 얼마나 대
단한지. 난 그런 레이디들이라면 한 마차를 실어다 줘도 싫
다."

"쳇! 막상 한 마차 실어다 주면 좋아라 할 거면서. 어라? 그
러고 보니 뭔가 이상허네. 대장, 혹시 내가 이 멋진 모습으로
레이디들의 관심을 한 몸에 받을까 봐 배가 아파서 일부러 안
간 거 아니우?"

연신 투덜대던 벤은 문득 떠오르는 생각에 의심이 가득한
눈초리로 물었다. 그러자 레프가 어이가 없다는 얼굴로 대답
했다.

"얼씨구? 이젠 이에 소설까지 쓰네. 잘하면 음모론까지 나
오겠다?"

"젠장, 역시 음모였수?"

"벤, 내가 그랬지? 그 능글맞은 말투 고치기 전까진 네 인
생에 여자는 없다니까."

"대장은 내 말투가 어디가 어때서 무슨 말을 그렇게 섭하게 하는 거유? 이래 봬도 내가 거리만 나가면 모든 여자들이 날 보느라 정신을 쏙 빼놓는 걸 대장도 잘 알잖수?"

사실 레프의 말은 틀림없는 사실이었다. 그렇기에 벤은 더욱더 펄쩍 뛰며 반박했던 거지만 레프는 오히려 약 올리듯 피식 실소까지 터뜨리며 대답했다.

"훗, 물론 그거야 나도 알지. 그리고 여자들이 말 한두 마디 해보곤 금방 달아나는 것도 잘 알고 있으니 문제지."

"역시 음모야, 음모! 대장이란 작자가 하나뿐인 부하를 파티에도 못 가게 하면서 음해나 하다니. 우엉! 내 팔자가 이렇게 대장 복이 없는 팔자라니. 우엉!"

"벤, 너 할 일 없으면 여기서 징징대지 말고 니 방으로 가서 잠이나 자든지. 앙?"

순간 레프의 음성이 살짝 날카로워지자 눈에 침을 바르며 눈물 연기를 하던 벤이 내심 찔끔해서 황급히 방을 나갔다. 물론 마지막으로 한마디 하는 것도 잊지 않고 말이다.

"쳇, 나도 더러워서 갈 거유. 이따 심심하다고 부르지나 마우."

후다닥!

벤이 도망치듯 방을 나가자 그 모습에 레프는 저도 모르게 실소를 터뜨렸다.

"훗!"

한편 그 시각, 자작가를 출발한 디체이스 자작의 마차는 이제 막 파티 장소인 바레인 시청 이스트 노블레스 홀 앞에 도착했다.

이어 마차에서 내린 디체이스 자작 내외를 비롯한 제라드와 레이첼은 시청 관료의 호명을 받으며 이스트 노블레스 홀로 들어섰고, 잠시간이지만 장내의 모든 시선이 모아졌다.

그것도 그럴 것이, 현숙하고 아름다운 디아나 자작 부인은 둘째 치고 그 영향을 받아 상당히 예쁘고 귀여운 레이첼이 레프의 과감한 돈질로 인한 치장으로 마치 이 파티의 주인공이라도 되는 듯 빛을 발했던 것이다.

그런 이유로 디체이스 자작은 한껏 어깨에 힘이 들어간 채로 이스트 노블레스 홀로 들어설 수 있었고, 이내 디아나 자작 부인과 레이첼을 여러 귀족가의 부인들이 모여 있는 곳으로 보내고 제라드만을 데리고 친분이 있는 여러 귀족들과 인사를 나눴다.

그렇게 이느 정도 인사가 모두 끝나갈 무렵 디체이스 자작과 제라드의 앞에 한 중년인과 청년 하나가 나타났다. 그들은 바로 로페즈 상단의 주인인 로페즈 자작과 그의 아들인 샤인 로페즈였다.

"디체이스 자작, 오랜만이오."

"디체이스 자작님을 뵙습니다."

"오랜만이구려, 로페즈 자작. 그래, 오랜만이구나."

"자작님을 뵙습니다."

"그래, 잘 지냈느냐?"

"네."

그렇게 간단히 인사를 나누자 로페즈 자작이 의아한 얼굴로 입을 열었다.

"디체이스 자작, 가출했던 장남이 돌아왔다는 소식이 들리던데 어째서 둘째뿐인 것이오?"

"레프는 일이 있어서 참석하지 못했소."

"아, 그렇소? 난 혹시 내가 들었던 소식이 잘못된 것인가 걱정했소."

"로페즈 자작이 내 아들 걱정까지 해주니 이거 감격스럽소."

"우리 사이에 그 정도야 당연한 것 아니오."

디체이스 자작과 로페즈 자작의 대화는 겉으로 보기엔 마치 오래된 지기가 대화를 나누는 듯했지만 그 속으로는 무척이나 치열한 신경전을 벌이고 있었다.

그러는 사이 제라드와 로페즈 자작의 아들인 샤인 역시 나름 신경전을 벌이고 있었다. 하지만 아버지들과는 달리 그리 팽팽한 신경전은 되지 못했다.

그럴 수밖에 없는 것이, 기사가 되고 싶은 제라드지만 현재로선 그다지 가능성이 없는 데 비해 로페즈 자작가는 현 라오스 왕국을 지탱하는 네 개의 검 중 하나인 브라이언 백작가의 상당히 가까운 방계 혈족이었다. 더구나 브라이언 백작에게 자식이 없었기에 어려서부터 검에 대한 재능이 많았던 샤인으로 하여금 백작가를 계승시킬 목적으로 체계적으로 검술을 수련시켜 왔던 것이다.

　그에 반해 재능이 부족한 것은 아니지만 그렇다고 좋은 것도 아니고 체계적인 검술 수련을 받지도 못한 제라드로서는 샤인이 부러울 수밖에 없었고, 그러다 보니 한 수 지고 들어갈 수밖에 없었다.

　"오랜만이다, 샤인."

　"그렇군."

　"이번에 브라이언 백작가의 수련을 마치고 돌아왔다며?"

　"이제 막 익스퍼트에 한발 들여놨을 뿐이다. 아직 멀었어."

　"이, 익스퍼트가 됐다고?"

　웬만큼 유명한 기사 가문이라면 보통 이십대 초반에서 중반 사이에 익스퍼트에 들어서니 딱히 빠르다고 할 수는 없었지만 그러한 사실을 모르는 제라드로서는 아무리 빨라봐야 이십대 후반이 되어서야 익스퍼트 급에 들어서는 일반적인

형님이 정말 믿습니다 255

기사들을 생각했기에 상당히 놀랄 수밖에 없었다.

"그래봐야 이제 시작이지. 한데 제라드 넌 요즘도 검술을 수련하는 거냐?"

"으, 응. 아직은 많이 부족하지만 열심히 노력하면 언젠간 나도 기사가 될 수 있을 거야."

"이제 그만 포기하는 게 좋지 않을까? 어차피 상단도 물려받아야 하는데 말이야. 아, 가출했던 형이 돌아왔으니 상단을 물려받긴 힘들겠군. 이런, 그래서 검술을 포기하지 않고 있는 거였어? 그렇다면 열심히 노력해 봐. 내가 백작가를 계승할 때까지 네가 열심히만 수련하면 내가 특별히 백작가의 기사단에 넣어줄 수도 있으니까 말이야. 하하하!"

"……"

샤인의 말에 제라드는 두 주먹을 꽈악 쥘 뿐 아무런 반박도 할 수 없었다. 아주 잠깐이지만 내심 그렇게라도 기사가 되었으면 좋겠다는 생각이 머리를 스쳤기 때문이다. 그리고 그것이 내심 더욱더 치욕스럽고 초라하게 느껴질 수밖에 없었다.

그것으로 샤인과 제라드의 신경전은 팽팽하기는커녕 내내 일방적으로 밀리다가 단 한 방에 KO 당하고 마는 완패를 당해야 했다.

그렇게 제라드에게 한차례 좌절과 패배를 안겨주었던 파티는 어느새 끝이 났고, 디체이스 자작은 디아나 자작 부인과 제라드, 레이첼과 함께 마차를 타고 집으로 향했다.

그러다 항상 미소가 사라지지 않던 제라드의 얼굴에서 오늘은 미소가 사라진 것을 발견하곤 살짝 걱정스런 음성으로 물었다.

"제라드, 무슨 일이라도 있었던 거냐?"

"아무 일도 없었어요."

"아무래도 로페즈 자작의 아들 놈 때문인가 보구나."

"……"

제라드가 아무런 대답을 못하자 디체이스 자작은 역시 자신의 짐작이 맞았음을 깨닫고 힘없는 음성으로 다시 입을 열었다.

"네가 원하는 것을 할 수 있도록 도와주지 못해서 미안하구나. 하지만 어쩌겠느냐, 이미 우리 가문의 운명은 이렇게 정해져 버린 것을. 결국 미련을 버리지 못할수록 너만 더 힘들고 괴로워질 수밖에 없단다."

"저도 알아요. 하지만……"

제라드는 더 이상 말을 잇지 못하고 그저 침묵을 지켰다.

그렇게 디체이스 자작 일가를 태운 마차는 저택에 도착할 때까지 침묵에 빠져 있었다.

이윽고 마차가 저택에 도착하고 레프는 지은 죄가 있었기에 정문까지 가족들을 마중 나와 있다 디체이스 자작 내외를 비롯해 제라드와 레이첼이 마차에서 내리자 커다란 음성으로 반갑게 맞이했다.

"잘 다녀오셨어요? 제라드, 레이첼도 잘 놀다 왔니?"

"쯔쯔……"

하지만 돌아온 것은 디체이스 자작의 혀를 차는 소리뿐이었고, 항상 미소를 잃지 않던 제라드는 무겁게 굳은 얼굴로 레프의 곁을 휙 지나쳐 갔다.

그 모습에 레프는 자신이 파티에 가지 않기 위해 도망쳤던 것 때문으로 착각했다.

"우씨, 죽어도 가기 싫은 걸 어쩌라고."

"오라버니 바보!"

레프의 중얼거림을 들은 레이첼이 마지막으로 한 방을 날리며 지나쳤다.

그제야 레프는 무언가 일이 있었음을 깨달을 수 있었고, 조금 전 굳어 있던 제라드의 얼굴에 왠지 걱정되었기에 황급히 그를 쫓아갔다. 이내 도착한 곳은 그가 항상 검을 수련하던 호위단의 연무장 한쪽 구석이었다. 그리고 제라드는 그곳에서 검을 뽑아 들고 미친 듯이 휘두르고 있었다.

순간 레프의 신형이 마치 미끄러지듯 부드럽게 움직이더니 이내 검을 잡은 제라드의 손을 잡았다.

"제라드, 무슨 일이야?"

"형님……."

제라드는 갑자기 누군가에게 손이 잡히자 놀란 얼굴로 고개를 돌렸고, 이내 그것이 레프라는 것을 확인하곤 떨리는 음성으로 말끝을 흐렸다.

"왜 그런 거야?"

"전……."

레프의 물음에 제라드는 여전히 떨리는 음성으로 입을 열었지만 무언가 망설이는 듯하더니 이내 다시 말을 이어나갔다.

"전, 전 형님이 밉습니다. 꿈조차도 마음대로 꿀 수 없게 만든 형님이 정말 밉습니다. 최소한 꿈이라도 꿀 수 있었다면, 크흑, 그랬다면 이처럼 참담하지는 않았을 텐데 말입니다. 그래서 형님이 정말 밉습니다. 크흐흑."

"……."

마치 절규를 토해내듯 순식간에 터져 나오는 제라드의 울음 섞인 외침에 순간 당황한 레프는 아무런 말도 할 수가 없었다. 그저 흐느껴 울고 있는 동생 제라드를 바라보다 조용히 자리를 피해주며 마음속으로 제라드에게 용서를 구했다.

'제라드, 무엇 때문인지는 모르겠지만 형이 미안하구나.'

호위단원 하나만을 데리고 조용히 디체이스 자작가를 빠

져나온 로이튼은 사흘째 되는 날 테이론 백작가에 도착할 수 있었다.

테이론 백작과 제이크는 기다리고 있던 인물이 도착해 접견실에서 기다린다는 소식을 전해 듣고 크게 반색하는 얼굴로 단숨에 접견실로 향했다.

이어 접견실로 들어선 테이론 백작은 기다리고 있던 두 명의 사내를 발견하곤 무척이나 반갑게 맞이했다.

"오느라 고생 많았소. 내가 알버트 테이론이오."

"백작님을 뵙습니다."

하지만 테이론 백작과는 달리 벤의 모습이 보이지 않자 제이크가 의아한 얼굴로 로이튼을 향해 물었다.

"한데 다른 분은 어디 계십니까?"

"다른 분이라니, 무슨 말씀이십니까?"

느닷없는 질문에 로이튼이 의아한 얼굴로 반문하자 그제야 제이크는 무언가 잘못 되었음을 깨닫곤 그것을 확인하듯 다시 물었다.

"혹시 두 분이 전부입니까?"

"그렇습니다. 한데 자작님께 듣기론 저 혼자면 되는 걸로 들었습니다만."

"그, 그럼 지난번 저희 기사와 결투를 벌였던 그분은 안 오신 겁니까?"

"아, 벤님이라면 오시지 않았습니다."

"이, 이런……."

갑자기 제이크의 반응이 무언가 심상치 않자 테이론 백작이 왠지 불안한 얼굴로 물었다.

"제이크, 무슨 일이냐?"

"이분은 제가 아버지께 말씀드렸던 그분이 아닙니다."

"그게 도대체 무슨 말이냐?"

"제가 분명 호위단에서 가장 강한 분을 보내달라 하였는데……."

제이크의 말에 그제야 로이튼 역시 상황을 어느 정도 이해하곤 내심 실소를 지을 수밖에 없었다.

"아마도 소영주님께서는 벤님이 오시길 바랐던 것 같습니다만……."

"그렇습니다. 한데 어떻게……?"

"그건 소영주님께서 호위단에서 가장 강한 사람을 보내달라고 했기 때문입니다. 다시 말해서 벤님은 호위단 소속이 아닙니다. 그저 저희 레프 도련님의 손님이실 뿐입니다."

그제야 제이크는 자신이 엄청난 실수를 범했다는 것을 깨달을 수 있었다. 하지만 지금에 와서 그러한 사실을 알았다고 해도 아무런 소용이 없었다.

이제 기사대전까지는 이틀이 남아 있었고, 디체이스 자작가가 있는 상업도시 바레인까지는 왕복으로 나흘이 넘는 거리였으니 지금에 와서 다시 소식을 전하고 벤을 불러오기에는 이미 늦은 상황이었다.

상황이 이쯤에 이르자 테이론 백작과 제이크는 절망할 수밖에 없었다. 하지만 그렇다고 자신들의 요청으로 달려와 준 로이튼을 박대할 수는 없는 노릇이었기에 테이론 백작은 일단 쉴 곳을 마련해 주고 기사단의 단장과 부단장을 불러 대책을 논의해야겠다고 생각했다.

"제이크, 우선 이분들께 쉴 곳을 안내해 드리거라."

"예, 아버지. 두 분께서는 저를 따라오십시오."

제이크를 따라 로이튼과 베크가 사라지자 테이론 백작은 우선 기사단의 단장과 부단장인 트레인과 파밀론을 급히 호출했다.

얼마 지나지 않아 트레인과 파밀론이 집무실로 들어오자 테이론 백작이 황급히 그들을 맞이했다.

"영주님을 뵙습니다."

"영주님을 뵙습니다. 찾으셨습니까?"

"트레인 경, 파밀론 경, 어서들 오시오. 우선들 앉으시오."

트레인과 파밀론이 자리에 앉자 테이론 백작이 곧바로 얘기를 시작했다.

"조금 전에 디체이스 자작가에서 사람을 보내왔소."

"그렇습니까? 그럼 이제 한번 해볼 만할 것입니다."

"그렇습니다. 일단 단장님이 알펜 자작가의 기사단장을 상대로 승리하면 저희가 기사대전에서 이기는 것은 문제없습니다."

"영주님, 이제 걱정하실 것 없습니다."

디체이스 자작가에서 사람이 도착했다는 소식에 트레인과 파밀론은 당장 기사대전에서 승리라도 한 것처럼 상당히 들떠 있었다.

그러자 테이론 백작이 힘없는 음성으로 다시 입을 열었다.

"한데 문제가 생겼소. 디체이스 자작과 제이크 간에 서로 착오가 생겨 파밀론 경이 말하던 사람이 아닌 다른 사람이 왔소."

"아니, 어떻게 그런 일이……."

테이론 백작의 말에 파밀론이 상당히 놀란 얼굴로 말끝을 흐렸다.

"그게 파밀론 경이 말했던 사람이 호위단 소속이 아닌 그저 디체이스 자작 장남의 손님이었소. 그랬기에 디체이스 자작은 호위단에서 가장 실력이 뛰어난 사람을 보낸 것이오."

"그렇다면 혹시 로이튼인가 하는 그 사람이 온 것입니까?"

파밀론의 물음에 테이론 백작이 힘없는 음성으로 대답했다.

"그렇소. 한데 파밀론 경은 그를 어떻게 아는 것이오?"

"일개 상단의 호위단에 있기엔 실력이 뛰어난 자라 기억하고 있을 뿐입니다."

"하면 그의 실력은 어떻소?"

파밀론의 대답에 테이론 백작이 살짝 기대하는 얼굴로 물었다.

"제가 다른 호위단원에게 그의 실력은 익스퍼트 중급이라고 들었는데 아마도 저와 비슷할 것이라 추측됩니다."

하지만 이어진 대답에 테이론 백작의 얼굴은 어두워질 수밖에 없다.

이미 알아본 바에 의하면 기사대전에서 알펜 영지의 대표 기사는 파빌리안 후작이 지원해 준 익스퍼트 상급의 기사 둘과 알펜 자작가의 기사단장까지 모두 익스퍼트 상급의 실력자들이었다. 그래서 같은 상급인 트레인이 1승을 확보하고 디체이스 자작가에서 올 것이라 믿고 있던 벤이 1승을 해서 기사대전에 승리할 계획을 세우고 있었다.

하지만 지금의 상황이라면 기사단장인 트레인을 제외하면 파밀론이나 로이튼 모두 익스퍼트 중급의 실력이었기에 기사대전에 승리할 가능성이 전혀 없다고 할 수 있었다.

그럼에도 지금으로서는 기사대전의 대표 기사를 트레인과 파밀론, 그리고 디체이스 자작가의 로이튼으로 정하는 것 외에는 다른 대안이 없었기에 테이론 백작을 비롯한 모든 이의 얼굴은 무척이나 어두울 수밖에 없었다.

그렇게 테이론 백작가는 절망의 밤을 보내야만 했다.

테이론 백작가와의 기사대전을 하루 앞둔 저녁 알펜 자작은 모든 상황을 최종 점검하기 위해 자신의 참모인 하워드 준남작을 호출했다.

얼마 지나지 않아 하워드 준남작이 나타나자 알펜 자작이 그를 반겼다.

"하워드 준남작, 어서 오게."

"영주님을 뵙습니다."

"이제 내일이 기사대전인데 테이론 백작가는 어떻게 하고 있나?"

"별다른 일은 없습니다. 다만 어제 낯선 인물 둘이 테이론 백작가를 방문했기에 조사를 해보니 디체이스 상단의 호위단장인 로이튼이란 자와 그 단원인 베크라는 자였습니다."

하워드 준남작의 보고를 듣던 알펜 자작이 의아한 얼굴로 물었다.

"디체이스 상단의 호위단장이 무슨 일로?"

"그렇습니다. 확인해 보니 얼마 전 소영주인 제이크 테이론이 디체이스 상단을 방문한 적이 있습니다. 알아보니 내일 있을 기사대전에 도움을 청했다고 합니다. 그 결과로 디체이스 상단의 호위단장이 온 것이고 말입니다."

"하하하, 웃기는군. 고작 도움을 청한 것이 기사도 아닌 일 개 상인 나부랭이가 거느리고 있는 호위단장 따위란 말인가?"

알펜 자작이 크게 대소하며 비웃듯 말하자 하워드 준남작 이 그것을 정정해 주었다.

"그렇진 않습니다."

"무엇이 말인가?"

"디체이스 자작가가 지금은 비록 몰락해 상단을 운영하고 있지만 과거엔 정말 대단한 기사 가문이었습니다. 더구나 과 거 백작가일 때의 일부 기사들이 스스로 남아 호위단을 만들 고 지금까지 대대로 이어져 온 만큼 그들의 실력을 일개 상인 이 거느린 호위단으로 치부할 수만은 없습니다."

하워드 준남작은 알펜 자작의 물음에 자세하게 설명해 주 었다. 그러자 그것을 듣고 난 알펜 자작은 내심 조금 걱정이 되지 않을 수 없었다.

"그런가? 그렇다면 문제 아닌가?"

"전 그저 사실을 말씀드렸을 뿐 내일 있을 기사대전에 대 해서라면 영주님께선 걱정하실 일이 없습니다."

하지만 이어진 하워드 준남작의 자신감 넘치는 음성에 알 펜 자작은 그제야 비로소 안심을 하면서도 의아해할 수밖에 없었다.

"그렇다면 다행이군. 한데 좀 전에는 디체이스 상단의 호위단 실력이 뛰어나다고 하지 않았나?"

"그래서 혹시 몰라 로이튼이란 자와 베크란 자 둘에 대해 조사를 해보았는데 확실히 실력이 뛰어난 자들이었습니다. 특히 호위단장인 로이튼이란 자는 겨우 이십대 초반의 나이에 익스퍼트 급에 오른 실력자로 얼마 전에는 중급에 들었다고 합니다. 하지만 로이튼이란 자가 아무리 뛰어난 인재라도 파빌리안 후작가의 기사들을 상대할 정도는 아닙니다."

"그렇겠군. 그래도 로이튼이란 자는 꽤 탐이 나는군."

"이미 많은 귀족가에서 그를 기사로 영입하려고 좋은 조건을 제시했지만 모두 거절당했습니다. 그만큼 디체이스 자작에게 충성심이 강한 인물입니다."

재물뿐만 아니라 인재에 있어서도 무척이나 집착이 강한 알펜 자작의 눈이 탐욕으로 물들자 그것을 눈치챈 하워드 준남작이 애초에 포기하게끔 설득했다. 그러나 그것은 오히려 알펜 자작의 탐욕에 더욱 불을 붙이는 결과만 가져왔다.

"그렇다니 더욱 마음에 드는군."

"차후에 한번 방법을 연구해 보겠습니다. 하지만 큰 기대는 하지 마십시오."

"그러지."

결국 하워드 준남작은 알펜 자작이 원하는 대답을 할 수밖에 없었고, 그것이 맘에 들었는지 그제야 알펜 자작은 만족스러워했다.

"영주님, 그럼 내일 기사대전 준비로 전 이만 나가보겠습니다."

"아, 내가 바쁜 자네를 너무 오래 붙잡고 있었군. 어서 가서 일보게."

"알겠습니다."

대답을 마치고 집무실을 나가는 하워드 준남작을 보며 알펜 자작은 무척이나 흐뭇한 웃음을 지었다.

"흐흐, 확실히 인재는 많을수록 좋은 거야. 하워드 준남작 하나로도 돈 한 푼 안 들이고 금광 하나가 공짜로 굴러들어왔으니 저런 인재가 여럿이라면 왕이라고 되지 못할 것이 무엇이란 말인가. 흐흐흐."

알펜 자작의 마지막 말은 누가 들었다면 역모로 몰릴 수도 있는 무척이나 위험한 발언이었다. 물론 그가 실제로 모반을 계획하거나 그러한 생각을 가지고 있는 것은 아니었지만 말이다.

그럼에도 그런 표현까지 사용할 정도로 하워드 준남작의 머리에서 나오는 계획은 무척이나 치밀하고 뛰어났다.

사실 테이론 백작가가 발견하고 개발한 금광은 본래 알펜 자작이 먼저 발견하였던 것이다. 하지만 묘하게 양쪽 영지의 경계에 걸쳐 있는 금광의 위치에 알펜 자작은 망설일 수밖에 없었다. 자칫 막대한 금액을 투자해 개발하고 나서 문제가 되면 큰 손해를 볼 수도 있었기 때문이다. 그러던 차에 하워드 준남작이 한 가지 계책을 생각해 낸 것이다.

금광에 대한 정보를 은근히 테이론 백작가에 흘려 그들이 금광을 개발하게 만들고 이것이 완료되면 그때 가서 문제를 제기하고 압박을 가하자는 것이었다. 그리하면 아무런 파벌에도 속하지 않은 데다 행정가적 기질이 강한 테이론 백작은 아마도 금광의 지분을 나눠주는 것으로 협상하려 할 터였다. 결국 돈 한 푼 들이지 않고 금광의 지분을 가질 수 있다는 것이 하워드 준남작의 생각이자 계획이었다.

하지만 탐욕스런 알펜 자작은 그러한 하워드 준남작의 계책에 살짝 수정을 가했다. 바로 지분을 나누지 않고 금광을 자신이 독차지하는 방향으로 말이다. 그리고 그러한 계획은 이제 쌀이 익어 밥이 되기까지 하루라는 뜸만 들이면 되는 상황인 것이다.

결국 테이론 백작가가 지금 겪고 있는 위기와 절망은 하나부터 열까지 모두 철저하게 계획된 음모였던 것이다.

기사대전이 약속된 결전의 날이 되었다.

테이론 백작은 지난 이틀 동안 트레인과 파밀론을 비롯해 제이크까지 함께 머리를 맞댄 채 상황을 해결할 수 있는 대책을 마련하기 위해 고민했다.

하지만 없는 방법이 고민을 한다고 해서 갑자기 생겨나는 것은 아니었고, 결국 현실적으로 최선의 방법인 정공법을 택할 수밖에 없었다.

우선 기사대전에 참가할 대표 기사는 트레인과 파밀론, 그리고 로이튼으로 정해졌다.

비록 제이크의 커다란 실수로 벤이 아닌 로이튼이 오게 되었지만 알려진 그의 실력도 파밀론과 대등할 정도로 뛰어났기에 고민할 필요도 없이 대표 기사로 결정되었다.

이어 출전 순서를 익스퍼트 상급으로 유일하게 승리를 기대할 수 있는 트레인을 첫 번째 대표 기사로 정해 먼저 1승을 얻어 상대의 사기를 저하시켜 놓으면 그나마 희박하게라도 가능성이 올라가지 않을까 하는 것이었다. 그리고 만약 그것이 효과가 있을지도 모르기에 두 번째 대표 기사로 파밀론을 정했다.

만약에라도 계획대로 된다면 굳이 손님을 고생시킬 필요가 없다는 테이론 백작의 배려였다.

그렇게 최선의 계획을 세웠지만 그 성공 가능성이 극히 희박했기에 테이론 백작을 비롯한 트레인과 파밀론의 마음은 무척이나 무거울 수밖에 없었다.

반면 로이튼은 테이론 백작가에 도착한 이후에도 평소와 마찬가지로 수련을 하기 위해 시녀를 통해 기다란 줄과 수건을 구해 배정된 방에서 일절 나오지 않았다. 그리고 이틀이 지난 아침에 기사대전 장소로 출발한다는 연락을 받기 바로 직전까지 수련에 몰두했기에 조금 추레한 모습만을 보일 뿐 무척이나 담담한 얼굴을 하고 있었다.

그렇게 로이튼과 베크까지 나타나자 그대로 기사대전을 위해 출발했다.

기사대전이 벌어지는 장소는 테이론 영지와 알펜 영지의 경계이자 이번 사태의 원인이 된 금광이 개발되어 있는 곳으로 말을 타고 달리면 반나절이면 도착할 수 있는 거리였다.

테이론 백작을 비롯한 기사들과 로이튼, 베크는 아침부터 서두른 결과 약속된 시간인 점심 무렵에 늦지 않게 도착할 수 있었다. 그리고 얼마 지나지 않아 알펜 자작을 위시한 그의 기사들과 병사들이 나타했다.

"테이론 백작님, 오랜만입니다."

"알펜 자작, 꼭 이렇게까지 해야 하오?"

"저도 이러한 상황까지 오게 되어 그저 안타깝습니다. 하지만 모든 귀족에게는 자신의 권리를 찾아야 하는 의무가 있습니다."

"자작의 권리를 찾지 말란 것이 아니잖소. 지금이라도 생각을 바꾼다면 내 자작에게 더 많은 지분을 주겠소."

"죄송합니다. 기사는 오로지 검으로 말할 뿐입니다."

"알겠소."

테이론 백작은 마지막까지 알펜 자작을 설득하려 했지만 그것은 그저 의미없는 몸부림일 뿐이었고, 이내 힘없는 음성으로 대답할 수밖에 없었다.

"그럼 어서 기사대전을 진행해 이번 사태를 마무리 짓도록 하죠."

"그러시오."

"이번 기사대전의 저희 알펜 영지 대표 기사인 하이트 경, 카이론 경, 자크 경입니다."

"이쪽은 우리 테이론 영지의 대표 기사인 트레인 경과 파밀론 경, 그리고 로이튼 경이오."

"오호, 디체이스 자작가의 로이튼 경이 언제부터 테이론 백작가의 인물이 되었습니까?"

알펜 자작이 능글맞게 웃으며 묻자 테이론 백작이 쏘아붙이듯 반박했다.

"그러면 알펜 자작은 카이론 경과 하이트 경을 최근에 자작가에서 영입한 기사라고 말할 것이오? 그렇다면 과연 얼마 뒤에도 계속 자작가에 남아 있는지 아니면 다른 가문의 기사로 보게 될지 지켜보다 이번 기사대전의 결과도 무효로 하면 되겠구려."

"하하, 이거 말로는 백작님을 못 당하겠습니다. 알겠습니다."

결국 알펜 자작은 예의 그 능글맞은 웃음을 터뜨리며 졌다는 듯 대답했다.

사실 기사대전은 해당 영지의 기사들로만 이루어져야 하는 것이 하나의 룰이었다. 하지만 세월이 지나면서 많은 귀족들이 룰을 피해서 변칙적으로 다른 가문의 기사를 대리 출전시키는 경우가 빈번해지자 어느새 귀족들 사이에선 암묵적으로 그것을 인정하고 있었던 것이다.

알펜 자작 역시 그러한 사실을 잘 알고 있었다. 그럼에도 문제를 제기했던 것은 혹시 이번 기사대전에서 패한 테이론 백작이 혹시나 그러한 사실을 문제로 제기해 올 가능성을 사전에 차단하기 위함이었다. 어차피 양측 모두 다른 가문의 기사를 대리 출전시켰으니 문제를 제기하지 못할 것이니 말이다.

그렇게 테이론 영지와 알펜 영지의 금광의 소유권을 둔 기사대전의 서막이 올랐다.

MELOSTER

영지와 영지 간의 분쟁 해결 방법 중 하나인 기사대전은 간혹 상당히 중요한 사안이나 후작 이상의 고위 귀족이 다섯 명의 대표 기사를 출전시켜 5판 3승제를 하기도 한다. 하지만 보통은 각 영지에서 세 명의 대표 기사를 출전시켜 세 번의 승부를 가르고 더 많이 승리하는 영지가 최종 승리자가 되는 3판 2승제를 많이 했다.

테이론 영지와 알펜 영지의 기사대전 역시 3판 2승제였고, 그 첫 번째 승부를 결할 양측의 대표 기사가 앞으로 나섰다.

테이론 영지는 계획대로 기사단장인 트레인이었고, 알펜

영지 측은 카이론이라 소개한 기사였다.

트레인은 예상과 달리 알펜 자작가의 기사단장인 자크가 아닌 가장 실력이 뛰어나리라 예상되는 기사가 상대로 나오자 내심 당황할 수밖에 없었다. 그러나 겉으론 내색하지 않고 태연하게 자신을 소개했다.

"테이론 백작가의 트레인이오."

"카이론입니다."

검을 뽑아 세로로 세워 보이는 기사의 예법으로 서로에게 인사를 건넨 두 사람은 이내 마주한 채 자세를 잡으며 첫 번째 대결이 시작되었다.

먼저 움직인 것은 트레인이었다. 아무래도 예상치 못한 상대에 대한 부담과 초조함에 나온 결과였다.

"타앗!"

트레인은 익스퍼트 상급의 실력자답게 빠르게 거리를 좁혀가며 검을 내질렀다.

슈우우욱!

날카로운 파공성과 함께 트레인의 검이 대기를 가르며 빠른 속도로 쇄도해 왔지만 카이론이라 소개한 기사는 그리 당황하거나 긴장한 기색없이 그저 왼쪽으로 가볍게 한걸음 옮겨 설 뿐이었다.

하지만 단지 한 걸음이라고 하기에는 그 시기와 속도가 무

척이나 적절해 트레인의 검은 허무하게 허공을 가르고 지나
쳐야 했다. 뿐만 아니라 동작이 컸던 만큼 한순간 오른쪽 측
면 모두가 허점으로 드러날 수밖에 없었다.

그것을 놓치지 않은 카이론은 그대로 검을 찔러갔다.

쇄애애액!

공격이 실패하고 역동작에 걸려 완전히 무방비 상태에서
날카로운 검끝이 자신을 향하자 테이론은 내심 기겁하지 않
을 수 없었다.

'헛!'

그런 와중에도 테이론은 익스퍼트 상급의 실력자답게 몸
을 최대한 비틀며 회피를 시도했다.

우드득, 드드득!

너무도 급격한 움직임에 관절과 근육이 비명을 질러댔다.
그럼에도 완전히 피해내지 못했는지 옆구리가 불로 지진 듯
화끈한 통증이 느껴졌다.

"윽!"

트레인은 황급히 검을 휘둘러 이어질 공격에 대비하는 한
편 한쪽으로 물러나 재빠르게 상처를 살폈다. 다행히 그저 피
부만 조금 베이는 정도로 상처는 그리 깊지 않았다.

'너무 성급했군. 그나마 다행이다.'

내심 자책하면서도 한편으론 안도한 트레인은 마음을 진

정시키며 상대에게로 시선을 가져갔다. 물론 상대를 향해 검을 겨눠 경계하는 것도 잊지 않았다.

그런 트레인의 모습에 카이론은 내심 침음성을 흘렸다.

'흠.'

쉽게 끝낼 수 있는 절호의 기회를 놓쳤으니 안타까운 마음이 들었던 것이다. 더구나 갑자기 바뀐 상대의 기세로 봐서 이제부턴 쉽지 않은 싸움이 예상되었으니 말이다.

어느새 트레인과 카이론은 이제 막 대결이 시작된 것처럼 대치한 채 서로를 주시하고 있었다. 물론 트레인의 옆구리에서 살짝 피가 배어 나오는 것을 제외하면 말이다.

잠시의 시간이 흐르고 이번 역시 먼저 움직인 것은 트레인이었다. 하지만 이전과 같이 허점투성이의 어설픈 공격이 아니었다.

"하앗!"

카이론을 향해 빠르게 달려든 트레인은 마치 태산이라도 가를 듯이 엄청난 기세로 검을 내리 베었다.

쑤아아앙!

그 기세와 검에 담긴 힘이 심상치 않자 카이론도 그것을 막기보단 뒤로 물러서는 것을 택했다. 하지만 그저 단순히 물러나기만 한 것은 아니었다.

물러날 때만큼이나 빠른 속도로 달려들며 공격 뒤에 트레인의 몸에 나타난 미세한 허점을 향해 번개같이 검을 찔러 나 갔다. 더구나 푸르스름하게 빛나는 것이 그의 검엔 어느새 마 나까지 어려 있는 것이 아닌가.

슈슈슈슉!

순식간에 조금 전 상처를 입었던 오른쪽 옆구리를 찔러오 는 상대의 검에 트레인은 순간 저도 모르게 경악성을 터뜨렸 다.

"헛!"

트레인은 황급히 내질렀던 검을 회수하는 한편 본능적으 로 상대의 검에 부딪쳐 갔다.

어느새 그의 검에도 푸르스름한 빛이 어려 있었다.

푸캉!

하지만 너무도 다급해 미처 자세가 안정되지 못한 나머지 상대의 검을 완전히 쳐내는 데는 실패하고 상처를 입었던 옆 구리에서 또다시 피가 튀었다.

"큭!"

트레인의 입에서 억눌린 신음성이 새어 나왔다.

상황이 이쯤 되자 같은 익스퍼트 상급이라 해도 상대가 자 신보다 한 수 위임을 인정하지 않을 수 없었다.

한편 트레인과 카이론의 대결을 지켜보고 있던 테이론 백작을 비롯해 제이크와 파밀론은 내심 크게 당황하지 않을 수 없었다.

　그것도 그럴 것이, 현재 테이론 영지 측의 대표 기사 중 어느 정도 승리를 예상할 수 있는 유일한 사람이 바로 트레인이었다. 다시 말해 그가 승리해야만 그나마 최선이라고 생각하며 세워둔 계획이 희박하더라고 가능성이 생기는 것이다.

　그런데 막상 뚜껑을 열어보니 예상과 달리 트레인은 처음 시작부터 내내 상대 기사에게 밀리고 있는 것이다.

　'아, 결국 이대로 두 눈 뜨고 힘들게 개발한 광산을 빼앗길 수밖에 없는 것인가.'

　테이론 백작은 내심 밀려드는 좌절감에 문득 하늘을 올려보았다.

　구름 한 점 없는 하늘은 시릴 정도로 무척이나 푸르렀다.

　차라리 회색빛으로 물든 우중충한 하늘이었다면 조금은 위로라도 될 텐데 마치 알펜 자작가를 축복하기라도 하듯 푸르른 하늘이 너무도 원망스러웠다.

　하지만 그 하늘이 누군가에겐 커다란 기쁨을 주고 있었으니 바로 알펜 자작이었다.

　"날씨 좋군. 아무래도 하늘도 금광의 주인이 나임을 아는가 보군. 내가 금광의 주인이 되는 날 이렇게 좋은 날씨를 선물하는 것을 보니 말이야. 하하하!"

"아마도 그런 것 같습니다, 영주님."

"하하하, 준남작이 보기에도 그런가? 어쨌든 모두가 준남작의 공이야."

"저야 영주님의 지시에 따른 것뿐입니다."

"하하하!"

알펜 자작이 이제 잠시 후면 자신이 금광의 주인이 된다는 생각에 무척이나 들떠 있자 하워드 준남작은 옆에서 아부를 해가며 자신의 입지를 높이는 것에 주력했다.

그러는 사이에도 대결은 금방이라도 끝이 날 듯하면서도 꽤 계속 이어지고 있었다. 그러나 그것도 그리 오래가지는 못할 듯싶었다.

시간이 지날수록 트레인의 몸에는 하나둘 상처가 늘어만 갔고, 이제는 혈인이라고 불러도 될 정도로 온몸을 붉게 물들이고 있었으니 말이다.

그가 이렇게라도 버티는 것이 가능했던 이유는 상대가 자신보다 더 강자라는 것을 인정하고 최소한의 피해로 버티는데 주력한 점도 있었지만 무엇보다 카이론이 무리한 공격은 하지 않고 있기 때문이었다.

어차피 트레인에게 1승을 준다고 해도 남은 두 번의 대결을 쉽게 이길 수 있는 알펜 자작의 입장에선 굳이 파빌리안 후작가의 기사가 부상이라도 당할 위험을 감수할 필요가 없었다.

그렇기에 기사대전이 시작하기 전에 알펜 자작은 미리 파빌리안 후작가의 기사들에게 패하는 한이 있어도 무리하지 말라는 주문을 해두었던 것이다.

설혹 알펜 자작의 말이 없었다 해도 카이론은 무리해서 부상을 자처할 생각 따윈 애초부터 없었다. 물론 지금의 기사대전이 파빌리안 후작가의 일이었다면 다르겠지만 말이다.

어쨌든 여러 이해관계가 엮여 트레인에게는 오히려 행운으로 작용했고, 그것이 또 다른 행운을 이끌어오는 역할을 했는지 계속되는 대결에서 그는 상대가 몸을 사리는 것을 느낄 수 있었다.

어떻게 보면 아무것도 아닐 수도 있었지만 목숨을 건 대결에서는 그런 사소한 변수 하나가 승패를 가르는 결정적인 약점으로 작용할 수도 있었다.

슈우우욱!

바로 그때 또다시 카이론의 검이 쇄도해 왔고, 이제는 트레인도 더 이상 피하지만은 않고 그대로 마주 찔러 나갔다.

쐐애애액!

"헛!"

순간 당황한 카이론의 입에서 저도 모르게 경악성이 터져 나왔다.

이대로라면 자신의 검이 상대의 목을 찌를 수 있겠지만 자신 또한 상대의 검을 피할 수 없을 것 같았다. 더구나 상대의 검이 푸르스름하게 빛나는 것을 보면 마나까지 주입된 것이 제법 심한 부상을 감수해야만 할 것이 분명했다.

카이론은 고민할 필요도 없이 찔러가던 검을 거두는 한편 몸을 비틀어 상대의 검을 피했고, 그것으로 대결의 양상은 이전과 확실히 바뀔 수밖에 없었다.

지금까지 수비 위주로 버티기만 하던 트레인이 갑자기 일체의 수비를 무시한 채 적극적으로 공세를 취하기 시작한 것이다.

후아아앙! 슈우우욱!

"헉!"

쇄애애액! 쏴아아앙!

"앗!"

갑자기 바뀌어 버린 전세에 카이론은 내심 답답할 수밖에 없었다.

처음에는 상대의 공격을 피해 역습도 해보았다. 그러나 그때마다 상대는 자신의 공격을 무시한 채 마주쳐 공격해 오니 이제는 반격은 생각지도 못하고 그저 피하는 것이 전부였다.

하지만 그것도 그리 여의치가 않았다, 상대 역시 자신과 같은 익스퍼트 상급의 실력자다 보니 계속해서 피하기만 하는 것도 쉽지 않은 문제였고, 자연히 온몸에 잔 상처가 하나둘 늘어날 수밖에 없었다.

'젠장!'

또다시 자신을 향해 달려들며 검을 내지르는 상대의 공격을 피하며 내심 욕지기를 터뜨렸다.

계속해서 피하기만 하는 것이 자존심이 상해 순간 욱하는 마음에 그대로 맞부딪칠까하는 생각도 했다. 하지만 그러기에는 그 대가가 너무나도 가혹했다.

까앙!

결국 더 이상 버티기가 힘들다고 판단한 카이론은 때마침 자신을 베어오는 상대의 검에 자신의 검을 부딪쳐 그 반동을 이용해 뒤로 훌쩍 물러나며 황급히 소리쳤다.

"잠깐!"

"왜 그러시오?"

순간 트레인은 다시 달려들던 것을 멈추곤 의아한 얼굴로 물었다.

"내가 졌소."

"⋯⋯."

느닷없이 패배를 선언하고 뒤돌아가는 카이론의 모습에 트레인은 순간 어리둥절한 얼굴로 할 말을 잃어버릴 수밖에 없었다. 그리고 그것은 지켜보던 양측의 모든 이의 공통적인 반응이었다.

　너무도 갑작스런 상황에 한순간 장내에 침묵이 감돌았다. 하지만 그것도 잠시, 이내 첫 번째 대결에서 트레인이 승리했다는 사실을 깨달은 테이론 영지의 기사와 병사들에 의해서 침묵은 곧바로 깨져 버렸다.

　"와아아아!"

　"트레인 단장님 만세!"

　"테이론 영지 만세!"

　"만세! 만세!"

　커다란 환호성과 만세 소리에 정신을 차린 트레인은 그제야 자신이 승리했다는 사실과 마지막에 상대가 왜 패배를 선언하고 돌아섰는지 깨닫고는 허탈하게 테이론 영지의 진영으로 돌아갔다.

　"트레인 경, 정말 수고 많았소."

　"감사합니다."

　어느새 눈시울까지 붉어진 테이론 백작에게 간단히 인사를 마친 트레인은 곧바로 다음 결투를 준비하고 있는 파밀론에게로 갔다.

　"파밀론 부단장."

　"네, 단장님!"

　"파빌리안 후작가의 기사들은 몸을 사리네, 그것도 아주 많이."

"네? 그게 무슨 말입니까?"

"그들에게 이 기사대전은 자신들의 싸움이 아니란 말일세. 당연히 그들로선 부상을 감수해야 할 이유가 전혀 없다는 말일세. 그러니 만약 파빌리안 후작가의 기사가 상대로 나온다면 그것을 최대한 이용하게."

"아, 알겠습니다."

그제야 마지막에 상대가 갑자기 패배를 시인하고 물러난 것이 이해가 되었는지 파빌론은 한층 밝아진 얼굴로 대답했다.

첫 번째 대결이 테이론 영지의 승리로 끝이 나고 이제 두 번째 대결을 위해 양측의 대표 기사들이 앞으로 나섰다.

두 번째 대결에 나선 파밀론은 상대를 확인하자 얼굴이 살짝 밝아졌다.

'됐다. 어쩌면……'

바로 파빌리안 후작가에서 온 하이트라 소개했던 기사가 상대로 나선 것이다.

트레인의 조언대로라면 대결에서 승리할 수 있다는 희망이 조금이나마 생긴 것이다.

"하이트요."

"테이론 백작가의 파밀론이오."

파밀론과 하이트는 서로 간에 기사의 예법으로 인사를 나누곤 곧바로 대결에 들어갔다.

이번 대결 역시 먼저 움직인 것은 파밀론이었다.

하지만 트레인과는 달리 조급함으로 인한 성급한 공격이 아닌 철저하게 계산된 공격이었다.

"이얏!"

파밀론은 커다란 기합성을 내지르며 상대와의 거리를 빠르게 좁혀 나갔다. 이어 혼신의 힘을 다해 검을 내질렀다.

쑤아아앙!

한편 하이트는 처음부터 강공으로 밀어붙이려는 상대의 의도를 눈치채고 내심 코웃음을 쳤다.

'훗, 감히…….'

이미 대결에 앞서 카이론에게 얘기를 들었기에 어느 정도 예상하고 있을뿐더러 그 역시도 다른 영지의 기사대전에서 부상을 당하는 우스운 꼴을 당하고 싶은 생각은 추호도 없었다.

하지만 상대가 처음부터 너무 노골적으로 속내를 드러내자 왠지 무시당한 기분이 들었던 것이다. 더구나 자신은 카이론과는 달랐다. 아니, 정확히 말하자면 상대가 달랐다.

앞서 대결했던 카이론의 상대는 같은 익스퍼트 상급의 실력자였고, 그런 만큼 무리를 하지 않고는 쉽게 승부를 장담하기 어려운 상황이었다. 하지만 지금 자신의 상대는 익스퍼트 중급으로 무리를 하지 않더라도 얼마든지 쉽게 제압할 수 있을 것이니 말이다.

하이트는 불편해진 기분을 대변하기라도 하듯 검에 마나를 잔뜩 담아 자신을 베어오는 상대의 검과 부딪쳐 나갔다.

차앙!

"큭!"

순간 파밀론은 하이트의 검에서 느껴지는 엄청난 힘과 압력에 저도 모르게 억눌린 신음성을 터뜨리며 뒤로 밀려날 수밖에 없었다.

그러나 그것으로 공격이 끝난 것은 아니었다. 어느새 하이트의 검이 방향을 바꿔 다시금 쇄도해 왔다.

쇄애애액!

파밀론은 빠른 속도로 자신을 찔러들어 오는 하이트의 반격에 트레인의 조언대로 수비를 포기하고 마주 찔러가려 했다.

하지만 상상 이상으로 빠른 하이트의 검은 마치 파밀론의 생각을 비웃기라도 하듯 조금 전 격돌에서 잃어버린 자세를 미처 추스르기도 전에 날아들었다.

푸욱!

순식간에 검을 든 오른쪽 어깨를 찔린 파밀론은 고통스런 신음성을 터뜨리며 저도 모르게 검을 놓치고 말았다.

"윽!"

챙그랑!

그러자 하이트가 마치 어깨를 찌른 상태에서 그대로 베어 버릴 수도 있다는 듯 차가운 음성으로 물었다.

"계속하겠소?"

"졌… 습니다."

어차피 하이트의 말이 아니라도 이미 검을 잡은 어깨를 다쳐 더 이상 결투를 지속하기 어려운 상황이었기에 파밀론은 결국 떨리는 음성으로 패배를 인정할 수밖에 없었다.

첫 번째 대결에서 트레인이 극적으로 역전승을 거두며 잔뜩 희망으로 부풀었던 테이론 백작은 두 번째 대결에서 파밀론이 변변한 공격 한번 못해보고 허무하게 패해 버리자 낯빛이 급속도로 어두워져 갔다.

이제 남은 마지막 대결 역시 일펜 영지의 대표 기사는 익스퍼트 상급의 실력자인 반면 디체이스 자작가에서 온 로이튼은 그에 못 미치는 익스퍼트 중급이었다. 더구나 두 번째 대결로 익스퍼트 상급과 중급의 차이가 얼마나 큰지 직접 두 눈으로 확인하지 않았던가.

'역시 결과는 바뀌지 않는 것인가?

테이론 백작은 다시 한 번 절망감에 몸서리치며 내심 잠시나마 기대를 하게 만든 하늘을 원망했다.

그러는 사이 어느새 세 번째 대결을 위해 양측 영지의 대표 기사들이 나가야 하는 시간이 되었고, 지금껏 무심한 눈으로 이전의 대결들을 지켜보던 로이튼도 느릿한 걸음으로 나섰다.

그때 테이론 백작이 로이튼을 불러 세웠다.

"로이튼 경."

"……"

로이튼이 고개를 돌려 마치 무슨 일이냐는 듯 말없이 바라보자 테이론 백작은 처연한 얼굴로 다시 입을 열었다.

"부디 무리는 하지 마시오."

어차피 결과를 뒤집는 것이 불가능하다면 도와주기 위해 온 로이튼이라도 무사하길 바라는 것이 테이론 백작의 마음이었다.

그런 그의 진심을 느낀 것인지 로이튼은 처음으로 희미한 미소를 떠올리며 살짝 고개를 숙이는 것으로 감사를 표시했다.

이윽고 테이론 영지와 알펜 영지의 세 번째 대표 기사인 로이튼과 쟈크가 대결을 위해 마주하고 섰다.

"로이튼입니다."

"알펜 자작가의 자크다."

자크의 말투는 무척이나 거만했다.

이미 상대로 나온 로이튼이 기사가 아닌 일개 상단의 호위 단장이라는 사실을 알고 내심 경시하고 있었던 것이다.

하나 로이튼은 크게 개의치 않았다 어차피 기사는 검으로 말하는 것이고, 그만큼의 실력이 된다면 아무리 그의 거만함 은 자부심으로 인정되기 때문이다.

그렇게 금광의 주인을 가르는 테이론 영지와 알펜 영지의 마지막 승부가 시작되었다.

대결이 시작되자 자크는 익스퍼트 상급인 자신의 실력에 충분히 자신이 있었기에 고민할 필요도 없이 곧바로 로이튼 을 향해 달려들었다.

그렇다고 그것이 상대를 무시하고 자신의 실력을 과신한 섣부른 공격만은 아니었다.

자크 역시 이미 익스퍼트 상급에 오른 실력자였고, 아무리 상대를 경시하는 마음을 가진다고 해도 막상 전투에 돌입하 면 최선을 다하는 것이 그의 방식이었다.

그것을 증명하기라도 하듯 자크는 상당히 빠른 움직임으 로 순식간에 거리를 좁히더니 이내 한 점의 군더더기도 없는 깔끔한 솜씨로 검을 내질렀다.

쑤아아앙!

일견하기에도 엄청난 힘과 속도로 쇄도해 오는 자크의 검에 로이튼은 무엇 때문인지 살짝 움찔거리기만 할 뿐 아무런 반응도 보이지 못하더니 이내 황급히 뒤로 물러섰다.

'허, 멍청한 놈, 겁에 질려 제대로 움직이지도 못하다니.'

자크는 내심 비웃으며 뒤로 물러서는 로이튼을 빠른 속도로 따라붙었다. 이어 이전과 비교해서 조금도 손색이 없는 깔끔한 솜씨로 다시금 검을 찔러갔다.

슈슈슈숙!

하지만 이번 역시 로이튼은 한번 움찔하기만 할 뿐 다시금 황급히 뒤로 물러나는 것이 아닌가.

결국 자크의 검은 아쉽게 빈 허공만을 찔러야 했고, 그것은 이후에도 그리 다르지 않았다.

상황이 이쯤에 이르자 대결을 지켜보던 알펜 영지의 기사들은 야유를 하며 분통을 터뜨렸지만 지금 가장 분통이 터지는 것은 그 누구보다도 당사자인 자크였다.

'쥐새끼 같은 놈. 언제까지 피할 수 있나 보자.'

자크는 내심 이를 갈며 마나를 잔뜩 주입한 검으로 더욱 매섭게 공격을 이어나갔다.

한편 로이튼은 수련의 성과인지 아니면 레프의 영단 실험으로 높아진 경지 때문인지 이전과는 달리 상대의 움직임이 너무도 쉽게 파악되자 자신도 모르게 상대의 가슴에 가상의 물방울을 그리곤 그대로 검을 찌르려 했다.

하지만 항상 일정한 속도와 방향으로만 떨어져 내리는 물방울과는 달리 상대의 움직임은 그 속도도 더욱 빠를뿐더러 그 방향마저도 예측할 수 없었기에 타이밍을 맞추는 것이 쉽지만은 않았다.

결국 로이튼은 타이밍을 놓쳐 상대의 공격을 피하기 위해 황급히 물러나야 했지만 쉽게 포기하지 않고 계속해서 시도했다.

그럼에도 그의 시도는 여전히 실패를 거듭했으나 아주 성과가 없었던 것은 아니다. 상대의 속도와 움직임에 조금씩 익숙해졌는지 바로 이전에는 거의 타이밍을 맞추는 데 성공할 뻔했던 것이다.

바로 그때 또다시 상대의 검이 로이튼을 노리고 날아들었다.

쐐아아앙!

로이튼은 다시 한 번 달려드는 상대의 가슴에 가상의 물방울을 그려 넣고 타이밍을 재기 시작했다.

'지금이다!'

로이튼은 쇄도해 오는 검의 궤적을 피해 단 한 점의 망설임도 없이 가상의 물방을 향해 전력으로 검을 찔러갔다.

스팟!

순간 번쩍이는 섬광과도 같은 검광이 로이튼으로부터 피어올랐고, 거의 동시에 피륙을 꿰뚫는 음향과 억눌린 신음성이 이어졌다.

푸욱!

"커억!"

어느새 자신의 가슴에 박혀 있는 로이튼의 검을 내려다보며 자크는 도저히 믿어지지 않는다는 불신이 가득한 얼굴을 한 채 서서히 무너져 내렸다.

털썩!

너무나도 순식간에 벌어진 일에 구경하던 모든 이들은 어안이 벙벙했지만 이내 테이론 백작가의 기사들과 병사들은 기사대전의 승리를 깨닫고는 환호를 터뜨렸다.

"이겼다!"

"로이튼 경 만세!"

"테이론 영지 만세!"

"만세! 만세!"

어느새 장내에는 기뻐하는 테이론 영지의 기사들과 병사들의 환호성이 울려 퍼졌고, 그렇게 금광의 소유권을 두고 벌어진 기사대전은 끝이 났다.

테이론 영지와 알펜 영지의 기사대전은 예상 밖의 결과를 가져오며 일대 파란이 일었다. 물론 그 중심엔 로이튼이 있었다.

그것도 그럴 것이, 마지막 대결에서 보인 로이튼의 실력은 지켜보던 모든 이에게 충격을 넘어 경악을 주기에 충분했다.

'섬광이 번쩍이더니 이미 상대가 쓰러져 있었다.'

이것이 마지막 대결을 지켜보던 사람들의 공통적인 생각이었고, 그들은 로이튼을 '섬광의 로이튼'이라 부르기 시작하면서 소문은 급속도로 확산되었다.

하지만 정작 당사자인 로이튼은 그러한 사실을 모른 채—물론 알았다고 해도 그다지 신경 쓰지 않았겠지만 말이다—기사대전이 끝난 직후 만류하는 테이론 백작을 뒤로하고 디체이스 자작가를 향해 출발했다.

임무를 성공적으로 완수해서인지 아니면 자신의 수련 결과를 보았기 때문인지 디체이스 지작가로 향하는 로이튼의 마음은 무척이나 여유로웠다.

그 결과 로이튼과 베크는 처음 테이론 백작가로 갈 때보다 하루가 더 걸린 나흘째 되던 날이 되어서야 상업도시 바레인으로 들어설 수 있었다.

하지만 소문은 로이튼이 귀환하는 속도보다 더 빨랐고, 더구나 정보에 민감한 상단을 운영하는 디체이스 자작이었기에 이미 기사대전의 결과를 알고 있을 뿐만 아니라 소문의 진위를 놓고 무척이나 궁금한 상황이었다.

이윽고 자작가로 귀환한 로이튼은 기사대전의 결과를 보고하기 위해 곧바로 디체이스 자작의 집무실로 향했다.

"로이튼 경, 어서 오시오. 기사대전에서 승리했다는 소식은 들었소."

"아, 임무 마치고 다녀왔습니다."

집무실로 들어서자 디체이스 자작이 이미 기사대전의 결과를 알고 반갑게 맞이하자 로이튼은 순간 당황했지만 이내 상단의 정보력을 떠올리고는 차분한 음성으로 대답했다.

"정말 수고 많았소."

"아닙니다."

"그런데 궁금한 것이 하나 있소."

"무엇입니까, 자작님?"

"내가 듣기론 로이튼 경이 익스퍼트 상급의 기사를 단 일검에 쓰러뜨렸다고 들었소. 어떻게 된 것인지 물어도 되겠소?"

"……."

궁금증이 컸던 만큼 디체이스 자작이 돌리지 않고 직접적으로 묻자 로이튼은 순간 당황할 수밖에 없었다.

그저 그동안 실력이 늘었다고 말하기엔 아무래도 너무나 뻔히 보이는 어설픈 대답이다. 그렇다고 사실대로 말하자니 그동안 레프가 감춰왔던 실력을 공개해야 하는 상황이다.

그러다 보니 로이튼으로선 이러지도 저러지도 못하는 난처한 상황이 아닐 수 없었다.

하지만 이것은 어디까지나 로이튼의 오해에서 비롯한 상황일 뿐이었다.

사실 레프는 자신의 실력을 떠벌리고 다닐 생각도 없었지만 그렇다고 굳이 숨기려는 생각도 없었다. 다만 용병을 하다 돌아왔다는 말에 디체이스 자작을 비롯한 모두가 그저 삼류 용병 정도로 지레짐작했던 것이다. 물론 레프로서는 그러한 오해를 바로잡아 줘야 할 필요도 이유도 없었던 것은 당연했고 말이다.

어쨌든 로이튼이 아무런 대답도 하지 않자 디체이스 자작이 다시 입을 열었다.

"로이튼 경, 말하기가 곤란하기라도 한 것이오?"

"그, 그것이……."

한참을 고민하던 로이튼이 이내 말문을 열었다.

아무래도 레프의 아버지인 디체이스 자작에게만큼은 사실대로 말해도 괜찮을 것 같은 생각이 들었기 때문이다. 하지만 그럼에도 여전히 망설여지는 것은 어쩔 수 없었다.

"어서 말해보시오."

디체이스 자작의 재촉에 로이튼도 이내 결심을 굳힐 수밖에 없었다.

"그러니까… 그것이… 레프 도련님께 검술을 수련 받은 이후 경지가 높아졌습니다."

전혀 예상치 못한 로이튼의 대답에 디체이스 자작 조금은 황당하다는 듯 반문했다.

"레, 레프에게 말이오?"

"그렇습니다."

순간 디체이스 자작의 얼굴이 황당함으로 물들었다.

아무래도 대답하기가 곤란해진 로이튼이 황급히 떠올린 변명이라 생각한 것이다.

"허허, 레프가 어떻게 익스퍼트 급에 오른 로이튼 경에게 검술을 가르친단 말이오? 말하기 곤란한 것이라면 말하지 않아도 되오."

디체이스 자작은 말로는 이해하는 듯했지만 그 음성에는 섭섭함이 가득 묻어 있었다.

그러자 이제는 되레 로이튼이 억울하다는 얼굴을 할 수밖에 없었다.

"사실입니다. 도련님이 실력을 숨기고 계시지만 저로서는 짐작도 못할 정도로 대단한 실력을 지니고 계십니다. 더구나 도련님과 함께 오신 벤님은 마스터임을 이미 제가 직접 확인한 사실입니다. 그리고 그동안 도련님이 이끄는 상행이 단 한 번도 몬스터의 습격을 받지 않은 이유는 벤님이 미리 몬스터들을 처리해 왔기 때문입니다."

어느새 로이튼은 굳이 말하지 않아도 되는 것까지 자세하게 설명했다.

디체이스 자작은 그런 그의 모습에서 거짓이 느껴지진 않았지만 그래도 여전히 믿어지지 않는 것은 어쩔 수 없었다.

결국 디체이스 자작은 진실의 여부를 당사자에게 직접 확인해 보기로 결정하곤 시녀를 시켜 곧바로 레프를 호출했다. 이어 로이튼에게로 다시 시선을 돌려 본래 가장 묻고 싶었던 것을 물었다.

"레프 얘기는 조금 후에 직접 듣기로 하고, 그러면 지금 로이튼 경의 경지는 어떻게 되는 것이오?"

"이제 막 익스퍼트 최상급에 한발 걸쳤다 들었습니다."

"레프에게 말이오?"

"그건 벤님께 들었습니다."

"허허."

디체이스 자작의 입에서 다시금 실소가 터져 나왔다.

로이튼의 말대로라면 대륙에 단 열한 명만이 존재하고 라오스 왕국에도 단 한 명만이 존재하는 마스터가 이 저택에만 둘이나 존재한다는 것이었으니 문득 마스터란 존재가 마치 흔해빠진 삼류 용병처럼 느껴졌던 것이다.

똑똑.

바로 그때 노크 소리가 들려왔고, 이어 문이 열리며 레프가 집무실로 들어섰다.

"부르셨어요?"

"그래, 어서 오거라."

"그런데 무슨 일이세요?"

"내 네게 확인할 것이 있어 불렀다."

"확인이요?"

"그래. 로이튼 경이 말하길, 너와 벤이라는 청년이 마스터라고 하더구나. 물론 말도 안 된다고 생각하지만 그래도 확인해 보지 않을 수 없구나. 사실이더냐?"

디체이스 자작이 묻자 그와 동시에 로이튼이 레프를 향해 황급히 무릎을 꿇으며 사죄했다.

"도련님, 죄송합니다. 자작님께서 물으셔서 어쩔 수 없이 도련님께서 그동안 숨겨왔던 사실을 모두 말씀드렸습니다. 용서해 주십시오."

레프는 느닷없이 자신을 불러 마스터냐고 묻는 아버지에 이어 용서를 비는 로이튼에 살짝 짜증이 섞인 음성으로 물었다.

"로이튼, 아버지, 도대체 무슨 소리예요?"

"로이튼 경, 내 더 이상 사실을 말해달라고 재촉하지 않을 테니 그만 일어나시오. 허허."

디체이스 자작은 의아해하는 레프의 반응에 역시 자신의 짐작이 맞았음을 확신하면서 아주 잠깐이었지만 혹시나 하는 생각을 가졌던 것에 절로 실소가 터져 나왔다.

하지만 곧바로 이어진 레프의 말에 디체이스 자작의 실소는 멈춰질 수밖에 없었다.

"로이튼, 내가 숨기긴 뭘 숨겼다는 거야? 내가 먼저 말하지 않으면 다 숨기는 건가? 아니면 아무도 나나 벤이 마스터라고 생각지도 않는데 내가 먼저 떠벌리고 다니기라도 했어야 한다는 거야?"

레프는 오랜만에 레이첼이 귀찮게 하지 않는 평온한 하루를 방해받아 기분이 좋지 않았는데 말을 하다 보니 짜증이 더 늘어 이젠 살짝 흥분까지 하고 있었다.

그것을 로이튼도 느꼈는지 잔뜩 긴장한 얼굴로 대답했다.

"아, 아닙니다."

"아버지, 그거 확인하시려고 부르신 거예요?"

"그게… 그렇구나."

"그럼 확인하셨으니 이제 가도 되죠?"

"그, 그러렴."

집무실을 나가는 레프를 보며 디체이스 자작은 머릿속이 무척이나 혼란스러웠다.

얼떨결에 가도 좋다고 하긴 했지만 사실 묻고 싶은 것이 너무도 많았다. 아니, 모든 대답을 다 듣는다 해도 여전히 믿어지지 않을 것이 분명했다.

그럼에도 이미 당사자에게 직접 확인을 한 사실이라 믿지 않을 수도 없는 일이었으니 이래저래 머릿속만 더욱더 혼란스러워질 수밖에 없었다.

그런 디체이스 자작의 모습에 로이튼은 왠지 모든 것이 자신의 탓으로 느껴졌는지 힘없는 음성으로 입을 열었다.

"죄송합니다, 자작님."

"아니오. 사실대로 말해준 것이 무슨 잘못이겠소. 그건 그렇고, 레프와 벤이란 청년이 마스터란 사실은 당분간 지금처럼 비밀로 해두는 것이 좋겠소."

"알겠습니다, 자작님."

디체이스 자작의 말에 로이튼은 아무런 의문도 없이 그저 조용히 대답을 마치고는 물러갔다.

이윽고 집무실에 혼자 남겨지자 디체이스 자작은 조용히 눈을 감고 혼란스런 머릿속을 정리하기 시작했다.

사실 검의 절대자라 할 수 있는 마스터가 탄생하면 대외적으로 자랑을 해서 가문의 위상을 높이는 것이 보통이다. 더구나 디체이스 자작가의 경우엔 몰락한 가문을 다시 일으키는 것, 아니, 마스터가 하나도 아닌 둘이니 과거보다 더욱 큰 명성을 얻을 수 있는 절호의 기회이기도 했다.

  그럼에도 디체이스 자작이 함구령을 내린 이유는 아직 자신조차도 온전히 믿지 못하고 있는 사실을 대외적으로 알려 봐야 아무도 믿지 않을 것이 분명했기 때문이다.

  물론 소드 마스터의 증거인 오러 블레이드를 보여 인정받을 수도 있는 일이지만 아직 자신도 눈으로 직접 확인하지 못했거니와 지금까지의 레프의 행동으로 봐서 남들 앞에 나서려 하지 않을 것이 분명했다.

  "후우."

  디체이스 자작의 입에서 한숨이 흘러나왔다. 분명 기뻐해야 할 일이건만 무언가 복잡하기만 했다.

  어쨌든 일단은 자신만이라도 직접 눈으로 확인을 하고 나서 어떻게 할지 설정힐 수 있을 듯했다.

  디체이스 자작은 지난 사흘간 마스터의 증거인 오러 블레이드를 직접 눈으로 확인하기 위해 레이첼만큼이나 레프를 귀찮게 했다. 그러나 그의 의도는 성공하지 못했다. 그래도 아주 소득이 없는 것은 아니었다.

하루에도 몇 번이나 찾아오는 디체이스 자작의 끈기에 그동안 컨디션이 좋지 않다는 핑계로 일관하던 레프도 더 이상 버티지 못하고 벤으로 하여금 대신 확인을 시켜줬던 것이다.

상황이 이쯤에 이르자 디체이스 자작으로선 레프가 마스터가 아닐지도 모른다는 의심이 생길 수밖에 없었다. 또한 어떠한 계약이나 모종의 이유로 마스터인 벤이 수하를 자청하고 있다고 말이다.

어느새 여러 추측이 모여 점차 확신으로 변해갔지만 디체이스 자작은 그다지 실망하지 않았다.

비록 마스터는 아닐지라도 그에 준하는 뛰어난 실력을 가지고 있을 것은 분명했기 때문이다. 호위단장인 로이튼을 단숨에 익스퍼트 상급으로 올려놓을 정도로 뛰어난 수련 방법을 가지고 있으니 틀림없으리라.

무엇보다 직접 눈으로 오러 블레이드까지 확인한 마스터임이 확실한 벤이 레프의 수하를 자처하고 있지 않은가. 물론 디체이스 가문의 혈족이 아니었기에 당장은 대외적으로 드러내선 안 되겠지만 말이다.

어느 정도 생각이 정리되자 디체이스 자작은 당분간 마스터의 존재를 밝히지 않기로 마음먹었다.

그런 이유로 레프는 여전히 디체이스 자작가와 상단 사람들에게 가출해서 삼류 용병으로 떠돌다 돌아온 자작가의 장남일 뿐이었다.

당연히 상행을 제외하면 방에서 빈둥대는 레프의 일상도 변화가 없었다. 물론 간혹, 아니, 자주 찾아오는 레이첼로 인해 방을 나오는 경우가 종종 있긴 했지만 말이다.

그런 레프의 일상과는 달리 테이론 영지와 알펜 영지의 기사대전으로 그 실력이 널리 알려진 로이튼으로 인해 위상이 크게 높아진 호위단에는 큰 변화가 찾아왔다. 당연히 그 변화의 원인은 로이튼이었지만 그 시초는 바로 베크에 의해서였다.

베크는 테이론 영지에 다녀오는 며칠 동안 로이튼과 거의 붙어 지내면서 그의 수련 방법을 볼 수 있었다.

처음에는 베크도 그것이 무슨 수련이 될 수 있겠나 싶었다. 그러나 기사대전에서 로이튼이 상대를 쓰러뜨리는 광경을 보는 순간 그의 실력이 높아진 이유가 바로 그러한 수련에 있다고 착각했다.

물론 레프의 영단 실험에 마루타가 되는 기연을 얻어 이미 익스퍼트 상급에 들어섰다는 사실을 모르기에 생긴 오해였지만 그렇다고 아주 틀린 것은 아니었으니 로이튼만큼은 아니라도 조금의 효과를 볼 것은 틀림없는 사실이었다.

어쨌든 베크는 자작가로 돌아오자마자 자신이 본 로이튼의 수련 방법을 따라하기 시작했다. 그러면서 호위단 내에는 그 수련 방법이 익스퍼트 상급에 이르는 수련이라는 은밀한 소문이 돌기 시작했다.

그러자 하나둘 그것을 따라하기 시작했고, 급기야 모든 호위단원이 연무장에서 같은 수련을 하게 되는 진풍경을 연출하기에 이르렀다.

상황이 이쯤 되자 아무리 방에 틀어박혀 수련에만 몰두하는 로이튼이라도 모를 수가 없었고, 자신의 실수로 수련 방법이 유출된 사실을 레프가 알게 될까 내심 걱정이 될 수밖에 없었다.

그렇다고 검술도 아닌 단지 검을 수련하는 방법을 따라한다고 해서 그것을 금지시킬 수도 없는 일이었고, 분위기로 보아 만약 금지시킨다면 단체로 호위단을 나갈지도 모른다는 생각이 들 정도로 모두들 열성적이었다.

그랬기에 로이튼은 제발 레프가 연무장에 오지 않기를 내심 간절히 기도했다.

하지만 정성이 부족해서 하늘이 노했던 건지 기도는 전혀 통하지 않았고, 오히려 평소엔 레이첼에 의해서 끌려오기만 했던 레프가 혼자 스스로 연무장을 찾은 것이다.

당연히 연무장에 들어선 레프의 눈에 가장 먼저 띈 것은 연무장을 크게 가로지르는 기다란 줄이 연결되어 있는 것과 그 위에 걸쳐진 물에 적신 수건 아래로 호위단원들이 쭉 늘어서서 제각각의 자세로 떨어지는 물방울을 찔러대고 있는 모습이었다.

그 모습에 레프는 내심 어이가 없었다. 물론 로이튼이 걱정하는 그런 이유는 아니었다.

레프가 로이튼에게 시켰던 수련은 집중력이 무척이나 요구되는 수련이었다. 한데 일렬로 쭉 늘어서서 하게 되면 자연히 바로 옆 사람의 칼질에 시선이 분산될 수밖에 없었고, 수련의 효과 또한 볼 수 없는 것이 당연했다.

그 증거로 한쪽에선 두 단원이 같은 물방울을 찌르다 충돌하는 모습도 보였고, 옆 사람의 칼놀림에 흠칫흠칫 놀라는 것도 보였으니 말이다.

"허, 아주 단체로 놀고들 있네. 쯔쯔."

레프가 얼굴을 찌푸리며 혀를 찼다. 하지만 그뿐이었다. 어차피 자신이 상관할 바가 아니었기에 그저 연무장에 온 용건을 해결하기 위해 로이튼을 찾기 시작했다.

얼마 지나지 않아 연무장 한쪽에서 로이튼의 모습을 발견한 레프는 그에게로 다가갔다.

"오늘은 왜 여기 나와서 사람을 허탕 치게 만드는 건데?"

이미 로이튼을 찾기 위해 숙소에 들렀다 오는 길이었기에 레프의 말은 그리 곱지 않았다.

하지만 잠시 생각에 잠겨 있던 로이튼은 갑자기 들려온 조금은 화난 듯한 레프의 음성에 화들짝 놀랄 수밖에 없었다.

"헉! 도, 도련님."

"뭘 그리 놀래? 나한테 죄진 것 있어?"

기겁을 하는 로이튼의 모습이 상당히 재미있어 농담을 건네는 레프였다.

하지만 찔리는 것이 있는 로이튼에게는 그 말이 '나한테 죄진 것 있지?'로 들릴 수밖에 없었다.

"도련님, 죄송합니다."

느닷없이 로이튼이 무릎을 꿇으며 용서를 구하는 모습에 레프는 의아해하기보다는 오히려 재미있다는 얼굴로 입을 열었다.

"어, 정말 죄진 게 있나 보네? 뭔데 그래?"

"그게… 제가 조심성이 없어서 그만 수련 방법이 유출되었습니다. 용서해 주십시오."

"수련 방법?"

로이튼의 말에 잠시 의아해하던 레프는 이내 연무장에 들어서면서 보았던 광경을 떠올릴 수 있었다.

"아, 저거? 하긴 엉망이긴 하더군."

"정말 죄송합니다. 제가 조심하지 못하고 수련하는 모습을 보이는 바람에…….."

"아, 그럼 네가 수련하는 모습을 보고 따라하는 거였어?"

"그렇습니다. 죄송합니다."

"한데 저렇게 하면 수련 효과가 하나도 없을 텐데?"

"그래서 저도 그만두라고 말렸지만 말을 듣지 않아서 그저 내버려 두고 있는 중입니다. 아마 얼마 지나면 금방 다들 포기하고 말 것이니 걱정 마십시오."

"왜 말려? 이왕 하는 거면 제대로 하도록 하게 해야지."

"네? 그럼 수련 방법을 알려줘도 되는 겁니까?"

로이튼의 반문에 레프의 얼굴이 살짝 황당함으로 물들더니 이내 답답하다는 듯 입을 열었다.

"저게 무슨 검술이라도 되는 줄 알아? 그리고 만약 검술이라 해도 저런 꼴사나운 짓 안 보려면 알려줘야 할 판이구만. 당장 저 꼴사나운 짓부터 때려치우게 해."

"알겠습니다."

아마도 로이튼 역시 호위단원에게 제대로 된 수련 방법을 알려주고 싶었는지 대답하는 그의 음성이 무척이나 들떠 있었다.

그렇게 호위단원에게 달려가는 로이튼의 뒷모습을 보며 레프는 살짝 투덜거리며 연무장을 나섰다.

"쩝, 아무래도 오늘은 로이튼도 시간이 없어 보이는 게 괜히 헛걸음만 했네."

그렇게 연무장에 들러 로이튼을 만나고 돌아온 레프는 방에서 자신을 기다리고 있는 한 사람을 만날 수 있었다.

"혀, 형님."

『벨로스터』 제2권에 계속…

蒼龍魂

창룡혼

매은 新무협 판타지 소설

"살아라… 살아야 이기는 것이니라."

알 수 없는 스승의 유언.
그 후로… 그저 살아야만 했던 남자, 이극.

서신 하나 없이 사라진 오라버니를 찾아
홀로 무림맹에 대항하려는 소녀, 유서현.

어느 날.
두 사람이 운명으로 얽혔을 때,
메마른 무사의 혼이 다시금 불타오른다!

『창룡혼』

어둠으로 물든 하늘을 뚫고 솟아오를
위대한 창룡의 혼이여!
위선을 찢어발기고 천하를 밝히리라!

斷月劍帝
단월검제

강태훈 新무협 판타지 소설

"나 좀 도와주면
내가 제자가 되어줄게."

당돌한 제자 상천과 그저 그런 사부 종삼의 황당한 만남!

철석같이 신검이라 믿고 익힌 단월검을
진짜 신검으로 발전시킨 검제의 이야기!

달조차 베어버릴
거대한 검의 신화가 열린다!

Book Publishing CHUNGEORAM

유행이 아닌 자유추구 -
WWW.chungeoram.com